九歌少兒書房

行政院文化建設委員會 指導

我的神祕訪客

李慧娟 著　李月玲 圖

評審委員推薦

張子樟：

預知未來的科幻作品。全文誇張有趣，敘述者見到了五百年後自己的後代，雖然有些誇大，但作者收放自如，讀者容易融入。整篇作品的重心放在人類缺水的未來的描述，情節的安排並不牽強，也沒有太過於玄幻。

陳木城：

這是一篇跳脫八股說教式的環保小說。以科幻的手法，透過未來和現在的比較，具體呈現了地球環境的問題，可以啟發讀者重新思考水資源、種樹和地球暖化的問題，建立正確的環境意識。作者苦心經營，令人印象深刻。

期許未來的世界更美麗（自序）

去年的某一天，我的郵件信箱裡突然來了一封信。

通常，網路的信件多半是笑話以及一些垃圾郵件，自然也不會多加理會。我頂多在工作之餘點開來看一下，之後便隨手做刪除的動作。

然而其中有封信，附檔製作了一份簡報。看了那份簡報後，我感觸良多，興起了寫這篇小說的念頭。

那份簡報是寫著一封來自未來的信，信裡敘述著未來沒水的情況，內容令人印象深刻。這讓我想起了前年

與大前年，桃園大停水的日子。

那連續的兩個夏天裡，颱風過後停水的夢魘深深的影響著我們的生活，不管風雨大小，颱風威力強弱，水庫就像是體弱的病人，隨時都要送加護病房急救，一會說原水濁度太高，一下又是送水口堵塞，總之，生活在那一段時間裡，是叫天不靈，叫地不應，而我們的公僕——政府的大人們各個在束手無策之餘，還不忘互踢皮球。那時的我們真的覺得自己像是一群被遺棄的孤兒，只有靠自己的雙手來提水。

停水，真的很可怕。不要以為那只是一、二天的事，那段停水的日子，是連續一個禮拜以上。你可以想像不管老少都要拿著水桶在巷口等水的日子嗎？你可以想像在炎熱的夏天裡沒水洗澡，沒水洗碗洗衣的日子

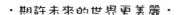

嗎？

那段日子裡，有人因提水而熱倒了，有老人家因提水而跌倒，有人因接水而大打出手，也有人因此而得了憂鬱症……沒水的日子裡，讓人性面臨了考驗，也讓我們了解了水的重要。

因此，在那封網路郵件的提醒之下，勾起了我之前經歷的缺水日子，於是提筆寫了這個故事。

藉著故事裡周景元的「我」，以及來自未來的小頭，兩個不同時空的孩子，來看我們身處環境的改變。我們不難發現，這世界真的悄悄在改變了，地球暖化，氣候異常……或許故事裡假設性的未來，真會有發生的一天。

倘若如此，何不就從現在開始，從此刻做起，一點

點的舉手之勞，一點點的用心來改變現在，改變未來。

期許未來的世界，會變得比現在更美麗。

二〇〇七年七月五日

李慧娟

寫於台北

主要人物介紹

周景元

十四歲，聰明靈活，原是個無憂無慮的學生，但在小頭出現後，莫名其妙的背負起拯救地球環境的任務。

小頭

周景元的子孫，來自未來。為了找尋周景元以及拯救未來的方法，而跨越時空來到現在。小頭處事行為看似冷漠，然而在最重要關頭，仍成就了大愛。

周振興

周景元爸爸，律師，個性沉穩，為人和善。

莊秀慧

周景元媽媽，家庭主婦，急性子，有正義感，遇事不平則鳴。

周致欽

小頭的爸爸，周景元後世子孫。在未來的時代裡是優秀的科技人員，為改變所屬環境而努力。

小胖

周景元同學，人肥力大，個性大而化之。

周景偉

周景元弟弟。

目　錄 Contents

我經歷一場奇特的事。說給你聽聽。

前年的夏天，我莫名其妙出現在一個強盜的車子裡。結果出了一場車禍，再莫名其妙的被帶到警局裡。接著再被證明沒有參與搶劫，隨後才糊里糊塗的被放回家。

回到家裡，過了火盆，吃了豬腳麵線，再灑了一身淨水後，連衣服也沒脫，倒頭就呼呼睡去。

這一覺，直睡到第二天中午。

吃飯時，被驚嚇了一天的家人，才敢開口詢問他們滿肚子的疑惑。

「景元，你怎麼會在那一個強盜的車子裡？」爸爸開口先問。

「我……」我說不出個所以然來。因為有很多事不知怎麼說。

「哥，我記得前一天晚上你明明就已經進房間裡去了呀？」小弟也用奇怪

的眼神望著我。

是的，我是從他的眼前走進房間裡的。但……

「那小頭呢？他怎麼也不見了？」媽用更懷疑的眼光詢問我。

我沒有說為什麼。

因為這一切的一切，來去得太詭異。

小頭怎麼不見了？

我明明本該在房間裡？

我怎麼會在強盜的車上？

所有的疑問，全肇因於小頭的出現。

這些的問題，要有個解答，就得從小頭出現的那一天開始。

1. 小頭的出現

這是前年冬末初春的事。

前年春天來得遲，呼出的空氣中還帶點寒意。偶有陽光露臉，仍拂不去冬天臨走前的餘威。

我一早起來，不情願的走完例行的公式——刷牙、洗臉、穿制服，然後匆忙的咬了幾口土司，再快跑向公車站。

清晨的社區，像剛上工的工廠，開始有人聲，有狗吠聲，還有像我們這樣一群趕著上學的可憐學生。我們像第一批出發的隊伍，匆忙

地開始一天的奮戰。

我趁著公車還沒來之前，拐了個彎進OK便利商店，換了零錢後再準備過馬路等車。

照理說，一切皆和平常無異，最多也只是心情好與不好之分而已。但才剛過了馬路，就被平常一起等車的小胖給拉了過去。

小胖人肥力大，一把抓來，讓我沒站穩的腳步直向他衝去。好在他肉也多，被我這一撞，倒也像個泰山穩若不動。而我可慘了，這衝撞力量沒撞倒他那座泰山，反彈的力道卻讓我踉蹌向後退。還好，我反應夠快，一個止步順勢向旁邊閃過，免去了難看的屁股著地。

「這馬路耶，你想要謀殺呀。」我拍拍擦了一身灰的褲子。「還好現在沒車。」

「對不起，對不起喔，沒想那麼多。」小胖連聲說抱歉。

面對永遠少根筋的小胖，我也沒轍。要罵也不是，不罵也不是。

「你幹麼?緊張兮兮的?」我沒好氣的問。

「你有欠人家錢嗎?」小胖神神祕祕的捱靠近我身邊問著。

我像丈二金鋼摸不著頭緒。一早,小胖說起話來就沒頭沒腦。

「拜託,你是不是沒睡飽?」我拍拍他的肩膀。「待會上車再睡一下會比較清醒。」

「不是啦,我是說真的。」小胖一臉正經。也不管吃了一半的漢堡裡,那塊重要的肉都要掉出來了。

我只好指指他漢堡的肉提醒他,他索性一口吃了那塊肉,然後再用塞了滿口肉而說著含混不清的話,壓低聲的指指前方電線桿下:「那裡,有人找你。」

「找我?」我順著小胖肥胖的手指望去。的確,在電線桿下方有個人。那人頂著光頭,穿著短袖,縮抱著身體蹲坐在地,胸前抱著一個不算大的板子。

看上去，像個流浪的少年。而且，很疲累似的把頭架在兩腿上。

「這種天氣，穿個短袖？他不冷嗎？」我真替那人擔心，薄薄的短袖怎麼抵得住才剛走的寒流？

「是啊是啊。」小胖好不容易把肉給吞下去，那咕嚕的吞嚥聲好像倒廚餘的聲音。

「但他找你耶。」

「我又不認識他。」我遠觀那人，百分之百確定我不認識他。印象中更不曾見過那個人。

「你怎麼知道他找我？」我反問。

「他前面那個牌子就寫你的名字呀。」小胖很奇怪的

看著我。並問：「你不叫周景元嗎？」

「是啊，我是周景元，可是……」我不太相信，怎麼有人大清早的就在掛牌尋人。況且我也不是失蹤人口，何來要人尋找？

我走向前去瞧瞧。

果真，那人胸前抱著的牌子就是寫著周景元三個字。

我不記得我有個光頭的朋友。這是我第一個反應。

接下來我再想，會不會是同名同姓？但這社區只有我叫周景元而已，不會有第二個了，這我也肯定。

「你真的沒有欠人家錢嗎？」小胖又問。

我白了他一眼，「欠你的頭啦！你怎麼知道人家是來討債的？」

「我們家巷子口的水果老闆就被人家這樣寫在宣傳車上呀。」小胖回答得很快，好像一副很有理的樣子。

「他上面又沒有寫還錢來。」我回他一句。

「對喔。」小胖又摸著他的腦袋。「那他寫你名字幹麼？」

「你問我我怎麼知道？」我回小胖。

我仔細的瞧那奇怪的人，他睡得還真熟，我和小胖在他前面講了那麼久，他一點也沒聽到。我只好踢他一腳，「喂，起床了！」

我也不是非打斷別人的睡眠不可，但他睡在馬路邊實在怪，還抱著有我名字的板子，不知情的人還以為我怎麼了。

總算，在踢他二下後，那人有了反應。

他揉眼，抬頭，望著我和小胖。

我這才發現，他不僅有個光頭，還有個深凹的眼窩，眼窩裡的雙眼，有對黑亮的眼珠子。更奇的是，他的皮膚糟透了，像縮乾了水的柳丁，我看再差一點點，他就差不多可以稱作肉乾了。

這麼奇怪的人，怎麼會出現在這裡呢？而且還指名找我？

我正納悶。他倒像見到救星一樣，馬上跳起。

他這一起身，我和小胖又看傻眼了，他手腳特別細長，皮膚乾燥的像脫光了水，一顆小光頭連在細長的脖子上，外加兩個深眼窩，一雙黑眼，看上去簡直像個外星人。

我和小胖不由得倒退一步。

「別怕別怕，他也有嘴巴，有鼻子……」我故作鎮定的說。

「可是合在一起就怪可怕的……」小胖小聲對我說。

「不能以貌取人。」我也壓低聲說。

「但是……很難。」小胖苦著臉望著我。

我也只好苦笑。

而不等我開口問那人來歷，那人反倒先搶快一步開口：「還好，

周景元

終於等到人了。」

這句話，真怪。我們是人沒錯，但好像也沒讓他等呀？

我和小胖又對看一眼，不知該說什麼。

「你們認識周景元嗎？」

他接下來的話又嚇了我們一大跳，我和小胖又對看一眼。這回我可以解讀小胖眼裡含意了，他的意思是：「看吧，就說找你的。」

我只好聳肩，表示我也不明白。

「你們認識嗎？請告訴我。他應該在這裡，我查過了，我急著要找他。」

那人連珠砲似的說了長串，我只能皺著眉用力的看著他。

找我？很急？又知道我住這裡？他查過了？

我認識他嗎？

我腦袋裡一堆問號。

「他就是呀！」小胖手一指我。

我只差點沒把他的手指頭給咬下，因為這高度剛好，嘴巴一張開就可以派上用場，其他的工具根本沒來得及攔截住他那一根手指頭。

可惜，還是慢了一步。

小胖的話像箭一樣，咻一聲就出去，我攔也攔不住。

接下來的結果，就是那個光頭人驚呼的高跳，然後死抓著我的手，感動得流下眼淚來。

我真不知他那像柿餅的眼窩裡還能流出水來，而且還不少，哇啦啦的直下。

「救人喲～～」我只能喊救命。這什麼日子，竟然有個怪人抓著我不放，還說要找我。「小胖，你還站在那裡幹麼，幫我呀！」我喊著。

「好！」小胖反應也快，一把就抓著我的左手就往外拉。要把我從那人手中搶過來。

不過那光頭人的力道也真大，看他瘦得像根草，但力氣卻出奇的大，小胖一頭拉，那人一頭也拉，我反而成了拔河繩，差點沒被撕成兩半。

「不要拉了，我快斷了！」我大叫。

這一叫果然有效，兩邊同時收手。我則一屁股坐到地下。

我滿肚子火，加上一點點狼狽的爬起來。還好，叫得快，兩隻手臂沒分了家。

我一邊用手勢要小胖等等，一邊很嚴肅的用手指著那光頭少年男問：「你，要找我？」，我鐵了心，要打架可不怕。

他點頭。

「確定？」我再問。

他又點頭。表情很堅定。

「我又不認識你！」我覺得莫名其妙。

「我認識你就可以了。」他說。

我覺得烏雲罩頂。哪有我不認識他，他認識我就可以了？

「這位同學，話講明白一點。」我可生氣了。「我們什麼時候見過面？」

「沒見過。」他回得很乾脆。

「沒見過又說認識我？你是不是有毛病？」我不客氣了。

「對，我是有點毛病，不過那沒關係。」

聽他這樣回答，我差點沒暈倒。我覺得我應該還在夢裡。

「如果這是夢，就請你趕快消失吧。」我氣到很無力。

「這不是夢，你只要回答我，你爸爸是不是叫周振興，你媽叫莊秀慧，你叫周景元，你弟叫周景偉，就可以了。」

他這一問，我張口不知該怎麼回答，他簡直就在身家調查，把我們家查得一清二楚。

「對對對，都對，你怎麼都知道。」小胖又比我的嘴巴快，他猛點頭說對。

「那你就是我要找的人沒錯了。」那光頭男走向我，又拉起我的手，我還來不及甩開，他就兩腿一彎，竟然跪下去。

我嚇得差點也跟著他跪下去，長這麼大，還沒被人行這麼大的禮，真教人惶恐。

不過這還不是最嚇人的，接著他又叫了一聲，才讓我嚇得用力掙脫手，跳上剛好來的公車，逃離那可怕的怪人。

他那一聲是這麼叫的：「祖先，我終於找到你了。」

媽呀，祖先？我什麼時候成了人家的祖先？我根本還是個學生而已？我一定聽錯了，聽錯了。我這樣告訴自己。

不過車窗外，那個像跑百米一樣在追車的光頭男，卻愈叫愈大聲：「祖先，你別跑，等等我。」

我雞皮疙瘩全起。對著司機先生大喊：「司機，不要停車，那是個瘋子！」

我管不得全車子的人對我投以異樣的眼光。我只想擺脫這個奇怪的人，逃離這場夢魘。

「司機，開快一點吧！」

2. 揮不去的夢魘

到了學校，我和小胖都一致認為，那人真是個瘋子。

「不過我覺得他是個高手。」小胖想了想後蹦出這句話。

「怎麼說？」我問。

「你沒看到他追車子的速度，好像比你還要快耶。」

小胖這麼一說，我開始頭皮發麻。

「有這麼快嗎？」我回想了一下。

的確，看他追車子的拚勁，真的不得不讓人佩服。尤其是那跨大步的動作，好像真的比我還要快？

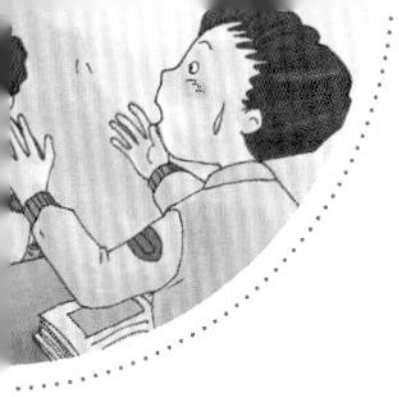

我開始擔心了。不是怕他跑得比我快，而是……

「周景元！」

我一聽，馬上站起來答「有」！

叫我的人是大方老師。他平常是不會點我的，今天不知怎麼了，一進門就叫我，我應該沒有做什麼壞事吧？

「你有遠親來，怎麼不叫他進來？」大方老師說。

「什麼？遠親？」我抓抓頭，想了一下，哪來的遠親。我正想向老師問清楚一點，突然就看到一個熟悉的身影出現在老師身後。

那張臉……

「媽呀！」我大叫。

隨後才聽到小胖用發抖的聲音說：「是……是……是他。」

「老師，他……他……他……他……他……」我一時情急，連說了好幾個他。還好，最後是大方老師幫我接下去。不過他說的跟我要說的完全不一樣。

大方老師說：「他怎麼穿這麼少，應該讓他進來的。」

「是啊，老師，他好像好可憐喔。」

不知哪個多事的傢伙，竟然同情起那個怪人來了。

那也就算了，竟然還有人說：「老師，我有聽別班的同學說，他在追周景元。」

說這話的是平日就唯恐天下不亂的李珍珍，她哪個不提，竟提起那怪人在追車子的事。

我看到大方老師的表情，就知道這下是怎麼解釋也解釋不清了。

「景元……」老師的眼神就像在問我怎麼能這樣。

「不……不……不是。」我忙著解釋。「不是你們想的那樣……」

不料，那光頭人卻接著說：「是我自願在外面等的啦。」

這下我差點沒暈倒。

我反駁：「老師，他不是我親戚。」

「我沒有亂說，我爸爸和他爸爸是表兄弟，我是來借住他家的，早上家裡都沒人，我只好跟著他，他不要我跟，所以我才在外面……」

那光頭小子竟然滿口胡言，編了這個幾可亂真的謊言，氣得我百口莫辯。

「不對，他亂說。」我大聲抗議。並指著小胖：「小胖也知道，他說的是謊話。」我希望小胖替我作證。畢竟，早上是他最先發現那奇怪的人。

然而，不指小胖還好，他竟然滿臉猶豫的看著我。

我知道完了，連小胖也懷疑我了。我只好求助的望著大方老師。

原以為大方老師一向明理，他應該不會相信那小子的鬼話吧。

可惜，我錯了。大方老師竟然在大家僵在那裡時說：「景元，這就是你不對了，好歹也是親戚，怎麼可以如此對待人家？」

「老師，我……」我覺得非常無辜。

我看那小子，賊頭賊腦，一雙黑不溜丟的眼底下有著惡作劇後的笑意，他緊緊咬住和我的關係。我知道，再吵下去，絕對無解。我索性腦筋一轉。

「好了，再說下去也沒結果，有事，等我補習後回家再談吧。」我對那個光頭小子說。

他倒也配合，頭一點，竟還很客氣的說：「不好意思，打擾了。老師，你繼續吧。各位同學，你們繼續吧。」並對我說：「那我們回家再談。」

說完，他便轉身走了。離開前，還向我揮了揮手說再見。

我只能苦笑，說再見？他想得美呢。

這個笨蛋一定不知道我打什麼主意。我真是佩服自己的臨場反應，沒讓這事件擴大，只讓這事小小影響了我一整天的心情而已。

我在這一整天當中，不斷的提醒自己：放學後，要以最快的速度，從學校後門溜走。什麼人都不能說，包括小胖在內。

如預期的，放學後我順利的溜出了學校。還機警的環顧四周，確定沒有人跟蹤，才轉進巷子裡。當然，我也沒去補習，在這麼重要的時刻裡，補習根本不是重點，甩掉那黏皮糖才是正道。

我閃進巷子，快速的拿鑰匙開了門，在關門前又向外探了探頭。在百分之百確認不見那小子的身影後，我終於放心的關上大門。

我呼了口氣，此刻才真的感受到被追著跑的感覺很不好。難怪狗仔隊這麼令人討厭，不是沒有道理的。

進了門，我向媽打了聲招呼。她正把飯菜擺上桌，見我回來，只

問了句：「今天沒去補習班嗎？」

我嗯了一聲。順便伸手抓了塊豬肉往嘴裡塞。

媽滷的肉又軟又香，擺在桌上還可看見滷汁油亮亮的閃動，不吃一口實在太對不起自己的嘴巴了。

「景元，跟你說了多少次，不會用筷子嗎？」

我賴皮的當作沒聽到，再抓了一塊塞到嘴裡。滿嘴滷香的滋味實在過癮。

「你該學學你同學了，人家多懂事。」

媽說這句話時，我沒在意，但當嘴裡的肉準備吞下喉嚨時，突見那在燈光下發亮的頭，我這才明白媽的話。

媽說的人就是他！

我一口肉卡在喉嚨，吞也不是，吐也不是，猛咳了二聲，卻又反嗆到鼻子，還來不及喊救命，就見那光頭朝我笑嘻嘻的走來。

「你……你你你你……」我一屁股坐在椅子上，「你真是陰魂不散！」

「你不是要我回家談嗎？所以我就來啦。」

他笑得像魚一樣的嘴巴，掛在他那張小臉上，簡直不成比例。怎麼會有人長得這麼……奇怪？

「小頭的爸爸剛才來電話，說他要出國工作一段時間，不放心小頭，剛好你有邀小頭來家裡住，所以他才打電話來家裡道謝。」媽邊擺碗筷邊說，還怪我怎麼沒事先講，「要不是接到小頭爸爸和你們老師的電話，我差點就把小頭關在門外了。」媽叨叨不停的說著。

而我，簡直快瘋了！「他爸爸打電話來？我們老師也打電話來？」

「對呀！你們導師啊。他說他也是聽小頭爸爸說的，所以才打電話來關心。他還說小頭有什麼問題，儘管跟他說。」

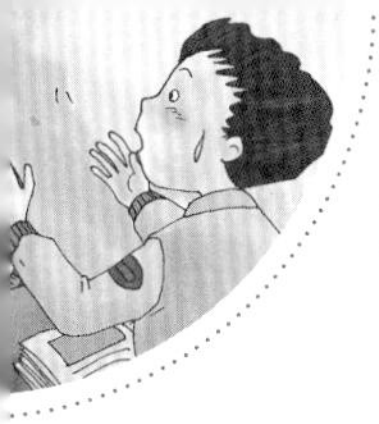

我聽得一愣一愣。

那叫小頭的人卻笑得挺得意的。

媽拍拍我的肩膀，提醒我洗手，「準備吃飯了。你爸待會就到了。」

「媽，等一下！」我舉起手，「我先和這個小頭談談。」

我走過去，一把把小頭給攬過來。我比他高，他又瘦小，我這右臂一搭在他肩上，順勢就勾住他的脖子架著走。

我可豁出去了。管他是什麼人，就算是個鬼，我也認了！總之我就是要搞清楚，這究竟是怎麼一回事。

3. 他從哪裡來

我和他——小頭，持續五分鐘面對面坐著不說話。時間在我們兩之間像停止了流動，安靜得令人發慌。最後，我實在忍不住了，只好先開口。

「你怎麼知道我家？」我問。我原先打的主意就是先甩開他，騙他說回家等，但並沒有告訴他我家在哪裡，他怎麼會知道呢？簡直匪夷所思。

「那有什麼難？」他聳聳肩，一派天真的回說：「我已經找到你了，從你身上的細胞來取得基因定位，就知道你住哪裡了。」

「基因定位？你在演科幻小說啊？」我看他八成是腦袋燒壞了，這種話都能說出口。

「科幻小說？這一點也不科幻啊。」他說。他還將一個像爸爸在用的隨身碟大小的東西拿給我看。

那東西真像隨身碟，但不同的是，那東西上頭有斷斷續續的光譜在游動。

「我只要把這偵測器碰到你，它自然就把你的基因輸入了。到時再比對空氣中與你有相同基因的範圍，要找到你住的地方一點也不難呀。」

看他說得簡單，我卻聽得一頭霧水。

「還有，你媽剛才說的老師來電話，也很簡單呀，我早上聽你老師說話的時候，就把聲紋重新複製，再加上我要的字，就是你媽下午接到的電話了。」他說完後還自動的加了一句：「是不是很好玩啊？」

「而至於我爸打給你媽的，那是真的，他要突破空間與時間的界限，把話傳到你們現在的電話線裡，再送出來和你媽對話，的確是花了一點時間。」他邊說還邊比畫。

我這時把他當瘋子的百分比更高了。

最後他還得意的說：「要避過別人的懷疑，對我來說太容易了。比較困難的是找時間隧道和確定空間位移，那比較麻煩。」

他自顧自的說著，完全沒有注意到我的動作，我早就拿起我床邊的球棒，想一棒給他打暈。

「還好，只偏差了一點點，雖然找到的你不是我們要找的你……」

那個傢伙還繼續說個沒完，我只好棒子當劍來伺候他。

「你乾脆講明白一點，說你是誰？從哪裡來的？來做什麼？」我大聲的質問他。

10

我這一聲，像是嚇到他了。他愣了一愣，眨了眨他真像柿子餅的一雙眼看著我。

「你聽不懂嗎？」我問。

他點頭，「懂，但是我的話還沒說完呢？能不能等我把我的話說完才回答你的話呢？」

當下，我真想把所有的髒話一起送給他。怎麼有這麼白目的人呢？

「不行，直接回答我的話。」我大聲的回絕他。

慢半拍的他，先看了一眼我的球棒，才摸了摸頭說：「你有三個問題，要照順序回答嗎？」

他，不知是不是腦筋有問題。我心裡在想。

「一句話就可以講完了呀，搞屁呀。」我可生氣了。

莫明的怪人一個，弄得我整天神經兮兮的。

「小頭，未來，找你。」他很快的說完一句話。

但換成我頓了頓。他的一句也太簡單了吧。

「你有沒有問題呀？話講成這樣？」我實在有點忍無可忍。

「你不是要我講成一句話嗎？」他滿臉無辜。

「講成一句完整的話好嗎？」我的忍耐已到了臨界點，「再給我講那些有的沒有的，你就試試看。」我揮了揮球棒來表示我的不耐。這支球棒可不是紙糊的，是扎扎實實的一支鋁棒，我就不相信他想嘗嘗這當頭一棒的滋味。

「好好好，我再多加幾個字。」他把那六個字再加長了一點，成

了：「我是小頭，我來自未來，我來找你。」

很清楚的一句話。可是我不相信。

「這不可能的——」我提高音量回他，這絕對不是真的。

「真的，你要相信我，我是你的後輩。就是你的兒子的兒子的兒子……」

「我又還沒有兒子——」我高聲說。

「所以我來自未來，是你和你將來兒子的子孫。」他解釋。

「不可能，不可能。」我否認。

「是真的，是真的。」他不斷的說。

最後，我拿著棒子大喊：「出去，你這神經病——」

我確信我真的遇到瘋子了。第一個念頭就是把他給趕出我家大門。

不過，我的「神經病」尾音未出，就被那個叫小頭的傢伙一把摀住了嘴，還整個人撲上來將我壓倒在床上。他的力道滿大，我就像一隻翻趴在地的豬，被他壓著。

「拜託拜託，別叫了，別叫了。」他的聲調急促又緊張，中間還夾著哀求的口吻。「我沒有惡意，我真的是來求助於你的。祖先大人！求求你了。」

求我？

現在求人的方式都這麼特別嗎？簡直跟綁票沒兩樣。

「你放開我啦！」我試圖掙開他。但別看他瘦得像隻猴子，力氣卻大得很。

「你先答應我不大聲叫，我就放開。」他說。他還解釋：「放心，我不會把你怎麼樣的。」

不會把我怎麼樣？

我想，他想把我怎麼樣也不太容易吧。我突然念頭一轉。我幹麼怕他？我又不是膽小怕事的人啊！更何況他是有求於我呀！

念頭轉過後，力量也變大了，我抓他的手，把他往前一甩，自己再一翻身躍起。

我猜那個叫小頭的身手也不賴，在我站定後，他也好好的站在門邊，不像小胖在一次誤會當中被我一個過肩摔，差點就爬不起來。

「你……」我指著小頭。

但接下來的話還沒說下去，他就咚一聲，又跪下去了。

我本來是要講「你，竟敢壓我。」，現在只好改成：「你幹什麼？動不動就下跪，是不是男人啊？」

「是不是男人不重要，重要的是你一叫，我什麼任務都完了。」那小頭滿臉憂心，好像真有很大的問題一樣，令我看了也心軟，我只好要他起來，一切等我們好好談了再說。這是學爸的，因為爸是律師，每次遇到鄰居吵架來找他評公道時，他總是先要大家好好談談。爸說，能坐下來談就是好的開始。

「謝謝，謝謝祖先大人。」他憂傷的臉一下子像綻開的花朵一樣，笑得很開心。

我仔仔細細的瞧瞧那傢伙：「你，最好給我說清楚。」

「是的，祖先大人。」他回答得倒挺快的。

「別祖先長祖先短的，我問你，我究竟跟你什麼關係？」我問。

「這事很複雜，不過我簡單一點說，就是我來自五百年後的未來，而你是我的祖先，我有重要事情來找你，需要請你幫我們想個辦法。」小頭很簡單的介紹他和我的關係。

我已經很鎮定，能很清楚的聽完小頭的話。同時也有很多問題跑了出來。

「你來自五百年後？」看見自稱是過去或未來的人，我基本上是不會有太多的驚奇。因為，那樣的人大多是神經病。不過小頭看來不像。

「是啊。」他點頭。

「那你的祖先有很多個，幹麼來找我？」我故意問他。

「第一個原因是因為你是所有祖先中學識最淵博，而且最有成就的。」

我看看小頭。他說得很認真，不像是在吹牛，而且他的話說得很好聽，說我是最有知識，最有成就的祖先……我心裡不禁暗自偷笑。

好聽的話總是令人歡喜的。更何況小頭說的也是實話呀，我本來就很聰明。

「不過……我們找錯了……」

小頭接下來的話，澆了我一半的冷水。

我收起得意不到一秒的笑容，瞪著那不識相的傢伙。

「什麼是找錯了？你給我說清楚。」

「嗯……」小頭摸摸頭。「我們本來要找中年的你，因為那時的你最有能力，也最有可能幫我們解決這件事，但因時間和空間的震盪，讓我們的行程偏差了一點，才來到這個時空……」小頭表情無奈的說：「不過爸爸說找到年輕的你比找到老年的你要來得好。」

「為什麼？」換我糊塗了。

「因為老年的你，能做事的時間和力氣已不多了，所以年輕的你比年老的你好一點。還好沒有跑到你幼年時，不然就完了。」

「拜託，沒那麼糟好嗎？小時候的我也很聰明。」我拍拍他肩頭，不以為然的說。

「或許是吧。反正我們也沒辦法重來了。」

我看小頭說得很勉強，表情也很無奈。我的心裡老大不爽，找現在的我就這麼無奈，我算什麼嘛。

我用食指點了點小頭的肩膀，不服氣的說：「什麼意思啊？找錯了再重來不就好了？」

「穿越一趟時空並不容易，我們大家研究了好久，只有來去一次的機會。」

這下我聽了可高興了，我故意大笑一聲，說：「那算你們倒楣囉，找到了我。不過……」我故作神祕：「搞不好我就是能幫你們解決事情的那個關鍵喔。呵呵……」

我只是想騙騙他的，誰知，他竟然信以為真。

「對對對，艾克叔叔也這麼說的，他說你是個關鍵，會找到這時候的你，也許是一種機會。」小頭很興奮的拉著我說。

我則是笑不出來。我看他真的瘋了，我隨口說說的他還當真。

「先別高興太早，說不定我什麼忙也幫不上。」我說。

「沒關係，沒關係。只要來了就好，艾克叔叔說叫我跟著你就對了。」

跟著我？

「那你要跟到什麼時候？」我問。

「時機到了就可以回去了。」他很快的回我。

「那時機是什麼時候？」我追問。

「我不知道耶。」小頭舌頭一伸，裝傻的對著我笑。

我可苦了。時機是什麼時候都不知？

「一百年不知道，你也一直跟著我嗎？」我真想一腳把他給踢回去。管他來自哪裡。

「嗯。」他認真的點頭。「是的。」但隨後他又附加一句：「不過我可能活不了那麼久。」

呵呵……真敗給他了。我呵呵苦笑。「好吧，要耗下去是吧？就耗下去吧。」

我真想舉白旗投降。「那第二個原因呢？」

「第二個原因，是這個時間點對我們未來的影響最大，如果能從這時間點開始做起，或許能有所補救。」小頭說。

他的話，我想了想。「那你的意思就是說，我們這時代搞砸了你們的未來囉。」

「差不多是這個意思。」

小頭回答得毫不猶豫。

「那到底未來發生了什麼問題呢？」我超想知道的。該不會就是現在所在討論的人口老化問題？或者是世界毀滅的問題吧？

「我們的問題很嚴重，爸爸說造成的原因有很多，我會慢慢說給你聽的。」

慢慢的說給我聽？

看小頭他一臉真切，好像真的要慢慢說給我聽。

或許你們會問我，真的相信他所說的嗎？

我只能說，會相信才有鬼呢。我又不是腦袋壞了，相信他來自未來的鬼話。

不過，不相信歸不相信，當面對他要開口趕他時，卻又有說不出口的感覺。我也不知我怎麼了，總之，在一念之間，小頭留下來了。

4. 小頭的問題

「你的同學怎麼不吃飯，拚命喝湯？」趁著小頭去上廁所時，爸向我使了個眼色，低聲的問我。

我也注意到了，小頭在剛才吃飯時，只喝湯，沒吃飯，就連菜也沒動，一鍋苦瓜排骨湯都快被他給喝光了。

「這我待會問問他。」我也說不出個所以然來，只好當面問問他了。

「不要直接問人家，人家或許有不方便的事，要婉轉一點。」媽交代我。

「這問題也要問婉轉一點？為什麼這麼麻煩？直接問就好了呀。」我最討厭大人這樣拐七扭八的問問題，說了一堆，結果也不過一句話而已。

「你媽這樣說也對，有時候無心的話會無意間傷了別人的自尊。」爸對我說。

這我知道，可是小頭不是別人，他應該不會吧，我覺得他鐵定是哪裡出了問題。

我才管不了那麼多呢。對於別人，我或許會問得婉轉一點，但對於小頭嘛，我打算直說就好。

「小頭，你怎麼……」

見小頭從廁所出來，我劈頭就要問他，誰知，他才一出廁所，就突然衝向小偉。他的速度飛快，簡直就在眨眼之間，馬上就站在小偉的正前方。

我在千萬分之一秒改口：「你……」，才說出個「你」字，小頭就以半蹲的方式，仰起頭來去接小偉沒喝進嘴裡的水。

小頭這個動作嚇壞了所有人，我看爸和媽第一時間站起來，還弄得餐桌咯咯響，菜湯都濺了出來。而小偉更慘，一個嗆口，水從鼻子和嘴巴同時噴出來。

我見苗頭不對，趕快衝到小頭旁邊，一把將他的頭給扶正。

「你幹什麼？」我把他拉往牆邊。

「接水呀。」小頭用無辜的眼神望著我。

「接水？」我聽了差點沒昏倒。「你有毛病啊，幹麼要接水？」

「沒有啦，我是看那水這樣滴……」他眉皺著，表情為難的說：「很浪費。所以我才要接起來。」

「拜託，水漏了就漏了，幹麼去接起來。」我第一次見到這麼奇怪的人。

「怎麼不接？水耶，這樣漏了就沒了。」小頭很嚴正的回我。

我真是搞不懂他。「喂，不就幾滴水而已。」

「十萬滴水就可成一條河了。」

哈哈哈，我連哈三聲故意笑他：「十萬滴水？一條河？笑死人了。」

「一點也不好笑。」小頭翹起他那像魚一般的大嘴嚴正的抗議。

「那你幹麼那麼反常。」我低聲質問他。

他嘟著嘴不說。

「沒事沒事。小頭想喝水是吧。」爸順手倒了杯水給小頭。

我看小頭接過了那杯水，眼神中充滿著神聖與渴望。他專注的眼神和小心翼翼的態度，就像媽媽看到很喜歡的鑽戒一樣，喜歡又買不下手的神情。

「小頭呀，剛才你都沒吃幾口飯，要不要再吃一點呢？」爸問小頭。

而小頭，仍捧著那杯水專注的看著，爸說的話他好像都沒聽到。

「我爸在問你話。」我馬上踩他一腳。

還好，他還知道痛，一腳踩下，他痛得哇哇叫，捧著的那杯水也被他這一震動，差點潑灑了出去。幸好他即時穩住，只灑出去一點點。

「什麼啦？」他哇啦啦的哀嚷著。「不要欺負我啦。」

說我欺負他？我聽了大拳一揚。小頭馬上抱著那杯水衝回餐桌去坐著。

整個吃飯時間，小頭不時的望著那杯水傻笑。他的怪異舉動，我想爸媽是看在眼裡的，因為爸媽有半天的時間是邊看著小頭，邊對望相看，但始終沒有說什麼。只有小偉，他捱到我旁邊低聲問：「哥，你不覺得你同學怪怪的嗎？」

我只能冷冷的苦笑。怪？豈止是怪？我看這問題恐怕還不只這樣吧。

果然，我的預感總是正確的。

一天的夜裡，正當我享受快樂的淋浴時，冷不防瞥見上頭氣窗出現一個人頭。

當下，不管整頭的泡沫流了滿臉，蓮蓬頭拿起來就朝那氣窗發

射。只聽得一聲哀叫，接著是椅子連翻倒地的聲音。我沒多想，用最快的速度，褲子一穿，衝出去抓住那偷窺者。

「是我啦，是我啦。」

在一陣混亂中，小頭自己招認。

「你在幹什麼？」我抓著他的衣領質問：「你不會是在看我洗澡吧？」

「對啊，我是在看你洗澡。」小頭連半點謊也不撒，照實就說。

我實在搞不懂，我是個男的，有什麼好看？生平第一次被人偷窺，簡直快抓狂。

我挾住他的脖子要他說清楚。「為什麼要看我洗澡？」

「因為你每次都洗很久。」

小頭試圖掙脫我的挾持，但我可不放手。

「洗很久關你什麼事？」我氣死了。

「用那麼多水，很浪費。」小頭說。

「你偷看我的原因，只為了看我用了很多水？」我把他的頭扳過來。

「沒錯啊，你們家的人洗澡都洗很久，尤其是你，差不多要一個小時，那要用掉很多水耶。」小頭身體一縮，逃開我的挾持。

「我們家的人？」我可聽出這句話的意思，這不就表示我們家的每個人他都看過了嗎？

我手指著小頭，一路追過去：「你竟然偷看我們家的每個人洗澡？」我簡直快抓狂了。要是讓媽知道，我肯定被剝一層皮。

「我只是觀察而已。」小頭跨過矮坐椅，又跳上沙發。

「觀你大頭啦。」我也施展我的輕功，追跳上去。

「我叫小頭。」小頭又跨大步的往另一邊的沙發跑。

我豈能放過他，他莫名其妙的舉止已經到了令人無法容忍的地

步，我非得送他幾個拳頭嘗嘗不可。「你不要跑，給我停下來。」

只不過我愈叫他停，他卻愈亂竄，一會跳上跳下，一會又繞著桌子跑給我追，我真懷疑，他前世會不會是隻猴子？

最後，是我喊卡的。

我是人不是猴子，我會累的。我最後撂下狠話：「你最好給我走過來，不然就請滾回你家去。」

這招果然有效。我的話才說出去沒多久，小頭就乖乖的走到我面前。他擺出無辜的臉，說：「這又不是很嚴重的問題。」

「拜託，這位自稱來自未來的孫子，你爺爺我用水洗澡關你什麼事。你不知道這是個人隱私嗎？你這種偷窺行為是觸犯法律的。」我義正詞嚴的警告小頭。

我原來的用意是要他知道他這種行為是不對的，哪知那好不容易才安靜下來的傢伙，又像隻猴子般直跳腳。他說：「你這樣做本來就不對，不對。一點都不知道沒有水的痛苦，難怪我們會變成那樣，都是你，都是你啦……」

他說著說著眼淚竟然飆出，真是嚇我一跳。都多大了，還哭？

「Stop（停）！你別哭行不行？」我壓低聲警告他。

不說還好，愈說他抽搐得更厲害，好像眼中有股噴泉要奪眶噴出一樣。

我看情況不對，趕緊安撫。「拜託，你鎮定一下好不好。」

「這很重要你知不知道，不然我也不會來找你。」

最後他真的眼淚鼻涕一起流了下來。還愈說愈大聲。

看他哭得如此傷心，好像錯的人是我一樣。我真快被搞糊塗了。

為了不驚動已上樓睡覺的爸媽，我只好耐著性子，好言好語的對他說：「好，我們兩個都鎮定一下好嗎？」

這是學爸的，爸說遇到兩個激動的人，唯一的方法就是其中一個

要先鎮定下來，這樣才能找出解決的方法。

「我很鎮定啊。」小頭抹去一把眼淚，抽抽噎噎的說。

我看才怪，他那叫做鎮定，那我這不就叫做穩若泰山了嗎？不過為了不刺激他，我只好認了。「好，你很鎮定，那我們就坐下來聊聊，你慢慢告訴我，你究竟有什麼問題？」

5. 未來的問題

「未來，充滿著許多的不確定。」在往市區的車上，小頭很慎重的對我說。

我點頭，表示同意。

「現在的每一步，對未來都是一種改變。」小頭看看窗外後，又轉頭過來對我說。

小頭的眼神充滿著希望。我則識相的點了兩下頭。不過心裡可是嘀咕著，現在的每一步當然都會影響著「未來」，難不成還影響著「過去」嗎？真不知他在想什麼。

「所以，現在牽動著未來。」

這是小頭下的結論。

不過這會我可忍不住要潑他一盆冷水了：「你連說了三句廢話。」

我知道我這冷水一澆，小頭鐵定是氣得跳腳，所以趕緊往後面的坐椅上一閃，免得被他突如其來的拳頭給掃到。但誰知，小頭沒有出現我預期的反應，反而是以驚訝的眼神望著我，對我說：「沒錯，你說得對。」

這下換成我愣了一下。

他接著說：「因為一切都已發生。」

呵呵，我又乾笑兩聲。從昨天到今天，我已經聽了他很多無厘頭的話，不差這一句。

「難怪爸爸說你將來會很有名，我才說幾句話，你就知道都是廢話了，果然小時候就很聰明。」小頭用很崇拜的口吻對我說。

我也不知他說真的還是說假的，但說來確實好聽。而他那好聽的話差點就讓我打消了原本計畫好的事，還好我腦袋一想，還是決定照原計畫進行。

「你要帶我去看你說的叔叔，那算算，也是我的祖先囉。」小頭一臉好奇的問我。

「是的，他若知道你是未來的子孫，他會很高興的。」我隨口胡說。

我和小頭下了車，再換上往醫院的接駁專車，目的地就是醫院。

我拉著小頭往三樓走，來到二叔看診的房門口，我探頭向裡頭看了看，裡面有個病人在和二叔說話。我只好在外面等著。

「身心科？」小頭看了看門口掛著的牌子後再看著我。

我聳聳肩，當做沒聽到。

「這裡是醫院，你帶我來看身心科？」小頭臉直逼過來，他像柿餅一樣的眼窩裡有著一對憤怒的眼珠。「你不要以為我不知道這是看什麼的？」

我仍當做沒事一般的微笑。

「你把我當成這裡有問題了，對不對？」小頭指著他的頭很激動的問。

我只好說：「我覺得你應該要給醫生看看。」

「我不是瘋子，也不是神經病。」小頭又開始有激烈的反應。

「我又沒說你是瘋子，也沒說你是神經病，我只希望你看看醫生而已。」

「我沒病我幹嘛要看醫生。」小頭很大聲的回我。

我也不客氣的回他：「因為你講的話太奇怪了，你一定讀書壓力太大，想太多了。給醫生看看有什麼不可以。我叔叔會幫你找出問題在哪裡。」

「原來你根本不相信我，認為我是亂說的。」小頭一邊說，一邊跳，生氣得不得了。「我跟你說，我說的都是真的，沒騙你。」

「我管你是真的也好，是假的也好，反正你今天就是要給我叔叔看。」我的話也大聲了。

「我不要——」

「你一定要——」

小頭拔腿就跑。我也追上去。

小頭的速度奇快，下樓是三步成一步，咻一下就不見，等我追到樓下，他早已消失在大門轉彎處，快得跟火箭一樣。

看來我的計畫失敗了，他看醫生的反應就像看到鬼一樣，那更讓我斷定他腦袋一定有問題，不是有妄想症，就是有憂鬱症。

不過，一想到我竟然收留個有問題的人，我就開始後悔。

回家的路上我一直在想，究竟要用什麼方法把他給請走呢？媽常說請神容易送神難，大概就是這個意思吧。

我轉了二趟車回家，本以為小頭會迷失在市區裡，哪知回到房裡，就看到他窩在被子裡睡覺。我不禁懷疑，他到底是何方神聖，竟然能比我坐車還快。

「我們來談談。」我掀起被子把他拉起來。

他像是哭過一樣，眼睛紅得像兔子。

「說真的，你到底是什麼人？」我把話直說了。

「我已經跟你說了，你還要我再說幾遍。」他帶著哽咽的語氣對我說。

「你可以老實的告訴我事實的真相，不用編什麼你來自未來呀。」我說。

「事實的真相就是我來自未來呀，我說了你竟會不信。我看錯你了。」說著他竟然搖頭嘆息起來了。

他這一嘆，好像嘆我笨一樣。

「你有事就說出來，有壓力也好，有憂鬱也好，看看醫生也好過你這樣逃避吧。」我好言勸說。

「說了半天，你就是不相信。」小頭脹得兩頰鼓鼓的說。

我也不甘示弱。「要你看醫生是為你好，不然我早就報警了。」

誰知，他大哼一聲，竟蒙著棉被不理我。

「小頭，你……」

我要把他的被拉掉，他卻裹得死緊。在一陣拉扯之中，棉被差不多快被我們給撕成兩半，還好，在最後一刻，小頭鬆手。

「是誰在哭？」小頭探頭出來，四處張望。

「你有問題呀，這裡只有我和你兩個而已，哪有人在哭，又不是見鬼了……」我這鬼字一出，馬上閉嘴。我話說得太快了。

「有，但不是鬼魂。」小頭說。

我伸手去摸小頭的額頭，確定他是不是有發燒。「還好，溫度正常。」我說。

他撇開我的手，跳下床，快步的往外跑。事情來得太突然，我來不及細想，也跟著他跑。我怕他萬一又出了什麼事，那我真是會倒大楣的。

我一路追他到公園。遠遠的，看到他俐落的爬上一棵大樹，然後就這樣待著不下來。而在那棵大樹下，圍著一群工人，全都仰著頭對著樹上的小頭指指點點。

「發生了什麼事？發生了什麼事？」我拚了命的在最快時間到達現

場。

「現在是怎樣？」操著台語的一位大叔這麼說。

「怎麼突然有一個小孩爬上去？」另一個叔叔也在問。

「那我們要不要動工？」有人在問。

最後我忍不住了，衝在那群工人叔叔前，總結一問：「不好意思，到底發生了什麼事？」

一位黑胖的叔叔看了我一眼，再指著樹上的小頭說：「我怎麼知道？我們才要開始砍這棵樹，那囝仔就衝進來，也不知道他要幹什麼？」

我仰頭看著爬上頂端的小頭，他就這麼坐在一枝較粗的枝幹上，兩條腿還在空中晃啊晃的。

「小頭，你在幹什麼？」我喊他。

他向我揮手：「他們要砍這棵樹。」

「我知道。」我說。

「老樹在哭，我不能讓他們砍。」小頭傳聲下來。

老樹在哭？我一聽，就知道慘了，小頭不知哪根筋又不對了，竟然說老樹在哭？

「你快下來，人家要砍樹啦。」我急著說。

「這樹在哭你沒聽到嗎？我不能讓他們砍啦。」

我此時此刻是額頭多三條線。聽到樹在哭？還真是見鬼呢。

「拜託，你不要鬧了好不好。」我想盡辦法要他下來。

「我沒有鬧，這是真的，周景元，我沒有鬧。為什麼你都不相信我。」

小頭連名帶姓的叫我的名字，看來他也是火了。

「小朋友，樹上的人是你同學嗎？」工人叔叔問我。

我不能不承認，只好點頭說是。

「那他的家人你認不認識？」

我搖頭。說真的，小頭的家人我哪會知道，除非像他自己所說的，他是我孫子，但我也不可能告訴那工人叔叔說，我是小頭的祖先吧。我若這麼一說，我和小頭肯定會被當成是瘋子。

「我們要拓寬道路，樹一定要砍，他不下來，我們就沒辦法工作。」工人叔叔說。

我點點頭，這我知道。但我也沒辦法。

「小頭，有什麼事下來再說。」我再向小頭喊話。

「你能保證我下來他們就不砍樹嗎？」小頭回我。

「我不能保證他們不會砍樹。」我說。我哪能向他保證，我現在能保證的是，他下來時我一定海扁他一頓。

「那就什麼都不用說了。」小頭竟回我這句。

我看他真是耍無賴了。我只恨自己無法輕功一展，飛上去把他給

抓下來。

「你最好趕快給我下來。」我火了。

「我不要。」

「你……」我實在拿他沒辦法。他拗起來真像頭牛。

最後，所有的人跟小頭磨了半個小時後，帶頭施工的大叔問了我的名字以及爸的名字後只好向外求援。他們找來了里長，而跟在里長後面的是爸，爸一看到我就把我拉到旁邊，詢問是怎麼一回事。

「你們怎麼了？」爸拍拍我的頭。

我雙手一攤：「我也不知道。小頭說他聽到那棵樹在哭，還要我們不要砍那棵樹。」

「這樣呀……」爸看了看樹上的小頭，然後皺著眉頭想著事。接著問了我一句：「那小頭很堅持是嗎？」

我點頭。

爸隨後拍了我肩膀兩下說：「我知道了，我來跟小頭談談。」

我一聽，頓時放心了不少。因為只要爸開口能談的事，就大部分會有辦法解決。

我看爸和里長交頭接耳講了一會，再和施工的大叔頭頭嘀咕了一陣子。而樹上坐著的小頭，兩條腿在樹上擺盪，看上去倒挺愜意的。要不是那棵樹大了點，我真想過去搖啊搖的把他像椰子一樣的搖下來。

「小頭，你慘了。」我對他大聲的說。

小頭向我做了個鬼臉。

爸轉頭過來示意我不要刺激小頭，讓他去處理。我只好閉嘴，雙手交叉在胸前，盯看著樹上的小頭。

時間又過了一大段。在里長放下手機後，爸終於給小頭承諾。

「小頭，你下來吧，我們不會砍這棵樹了。」爸說。

我看抱著樹幹快睡著的小頭這時坐得直直的。他興奮的問：「真的嗎？不砍這棵樹了？」

「對，我保證。」爸拍胸脯保證。

「以後也不砍了？」小頭問。

「沒錯，以後也不砍了。」爸回答。

「可是不是要拓寬道路嗎？」我好奇的插了句話。

爸這時無奈的看了我一眼，說：「景元，假如我現在正在和綁匪談判，你這一插話，包準會打亂我們所有的計畫。」

我舌頭一伸，知道錯了。因為我無心的一句話，有可能讓大家準備好的計畫功虧一

簣。還好，這次要面對的人只是小頭。

「對，不是要拓寬道路嗎？周爸，你騙人。」小頭很機警，馬上拿我的話來質問。

這下我終於知道自己嘴快的結果是什麼了。

「是，路一定要拓寬，但那棵樹可以不砍，我們會把它移種到公園裡。」爸不疾不徐的對小頭說。

聽爸這麼一說，我鬆了口氣。

「移到公園？」小頭問。

「沒錯，我也覺得砍了它太可惜，所以請里長和代表們跟市長連絡好了，不會砍，等過幾天相關局處的人來看過後，再準備移種。」

「真的嗎？」

「真的，我說的話你不信嗎？」爸向小頭招招手，要他下來。

「下來吧，掛在上面半天了，累了吧？」

我看小頭點了點頭，態度不再堅持。

「好，周爸，我相信你。」小頭說。

「那就下來吧。」爸說。

我看小頭嗯了一聲，準備站起來。可是，問題來了。

「怎麼辦？我……我……忘了怎麼下去？」小頭哇哇叫。

這下可好笑了。上去像猴子一樣爬得飛快，下來卻卡住了。「誰叫你要爬上去，活……」

那「該」字還沒說出口，就被爸的手一摇給堵住了。

爸說：「景元，別幸災樂禍。」

我馬上把要說出的話給吞回去，然後悄聲的問：「那……要怎麼辦？」

「想辦法救人要緊。」爸說。

還是爸仁慈，急著要把小頭弄下來，若換成是我，一定讓小頭在

上面吹一下風。

不過幾個好心的大人們，雖然因小頭而耽誤了一下午，卻還是出動了大堆人馬，召來在前條巷子挖路的怪手來援救，小頭才安然的從樹上下來。

「好了，沒事了，快回去吧。要好好相處。」爸把小頭交給我，他要忙著和里長去處理一些事。

我滿口答應爸爸。「當然，當然。我會好好和他相處的。」我看看小頭，這傢伙，我絕對會好好「照顧照顧」他的。

在向大家說對不起之後，我搭著小頭的肩齊步而走。

過了一段路後，我快手就抓著他的後衣領，不客氣的問：「你！確定是未來人？還是麻煩製造者？」

「幹麼嘛！」他像蟲一樣蠕動的要甩開我，但我抓得很緊，他想跑可沒那麼容易。

「我才不是麻煩製造者呢。」他說。

「你惹出這麼一個大麻煩，還說不是麻煩製造者。」

「我說的都是真的。」小頭轉了個圈，擺脫我的控制，並機警的和我保持兩步的距離。他不服氣的回嗆我說：「老樹的哀鳴聲你根本聽不到。」

「你又聽得到了？」我才不相信他能聽到。

「對，它的頻率我有接收到。」小頭自信滿滿的說。

「那其他的樹呢？你都聽到他們在講話嗎？」我真想大笑他神經病，但我沒笑出來。「若每棵樹都在講話，你不吵死了。」

我的話大有諷刺意味，不知小頭聽不聽得出來？

「不是每棵樹的頻率我都聽得到，是那棵樹要被砍了，哭聲才會被聽到。」小頭正經八百的說。

「那它現在不用被砍了，它是不是很高興哪？」我隨便問問。

「當然，它很高興，我知道它有在謝謝我。」小頭很認真而且很高興的回我。

我看我的麻煩愈來愈大了。小頭一定病得不輕。

我不以為然的笑他說：「謝謝你？看來那棵樹還真有靈性。」

「當然，萬物都是有靈性的。」

「那草也會說話？會感覺到痛囉？」我反問，並踩了踩路旁的幾根草問他。

「哎喲，你腳下留情好不好，它們真的會痛的，只是聲音的頻率太小，低到我也無法聽見。」

我真的會被小頭打敗了。「那你叫它們跟我說這期的樂透彩開幾號，我若中了頭彩，會把他們圍起來供養的。」

「拜託，你怎麼滿腦子都是錢？這世上有比錢更重要的事。」小頭嚴詞指正我。

「是喔，樹比人還要重要。」我反笑他。

「本來就是，樹本來就比人還重要。」他回答得很正經。

我呵呵苦笑幾聲。基本上，已經懶得跟他鬥嘴了，我覺得自己好像跟一個外星人在說話一樣。

「你不信？」小頭質疑我。

我又乾笑兩聲。「信你才有鬼。」

「你都不知道這事情的嚴重性。」小頭說。

我手搭在他肩上說：「我已經累了一天，這嚴重性我不想知道。」

「不行，你有必要知道，因為這和未來有關。」小頭拉著我，嘴念個不停的說：「我們未來的環境愈來愈糟了，樹也愈來愈少了，沒了樹，沒了森林，連雨水都少了，這是你們必需要正視的問題。我發覺你們都不在乎這些，就像今天要砍那棵樹，好像拔一根草一樣的簡單，這樣是不對的，你……」

從來不知道這世上會有個人比媽還嘮叨，一開始就像念經一樣的說個沒完，我好怕小頭變成了媽第二，到時兩個人在家裡對我念整天，我一定會先瘋了。

「天哪！請賜予我足夠的智慧把小頭弄走。」我心裡在吶喊。

看著遠處漸漸沒入雲裡的太陽，我發誓，我一定要想個辦法把小頭請走，不然就該換我去看身心科了。

天哪！

6. 問題來了

氣候持續的逼近盛夏，悶熱的空氣像個大鍋蓋罩著整個天空，連呼吸都顯得燥熱。只有躲在冷氣房裡，才能偷得一點的涼意。吉利這隻狗就很聰明，早早就臥在客廳的一角吹冷氣去了，只有小頭，一早就往外跑，近中午才滿頭大汗的走進門。

「怎麼啦？你不會在大太陽下跑步吧？」我看他滿身是汗，還鎖著眉頭。

「我不是在跑步，我是在聽樹喘氣。」小頭回我。

我一口冰沙差點就噴出，還好我反應快硬是吞了下去。「你……

你說什麼？你去聽樹在喘氣？」

我好像大笑，這年頭應該沒有人比小頭更瘋了吧？

「對，它們很不舒服。」

「很不舒服？」我這下笑得更用力。「那它們有沒有跟你說哪裡不舒服？是喉嚨痛？肚子痛？還是頭痛？」

「我是說真的。」小頭氣得瞪我。「氣候變了你知不知道？」

「我當然知道，進入夏天了不是？」我說。

「不是不是。」小頭又跳腳了。他說：「有暴風要來了。」

「暴風？」我想了一下。「你是說颱風嗎？會刮大風下大雨那種？」

「颱風？我只知道暴風。」小頭想了想。「我們那裡暴風只有黃沙，沒有雨水。」

「只有黃沙？沒有雨水？那跟沙漠有什麼兩樣？」我不禁好奇。

「就說我們那裡跟這裡不一樣呀。若真有雨有水，刮多大都無所謂。」小頭很認真的說。

「好吧，我為你感到同情。好在我不是生在那種環境裡。」我給他一個同情的眼光。但隨後又覺得不對：「奇了，你怎麼知道有暴風要來呢？」

「就跟你說那些樹不舒服啊，他們有發出警告。」小頭望向窗外。

「真的假的？」我半信半疑。跟著他的眼光向外看，外頭炎熱無風，空氣像靜止一樣，哪像有颱風要來的樣子。

不過夏天是颱風最多的季節，小頭的預測也有幾分誤打誤撞的味道，到了晚上，果真氣象預報就傳來颱風形成的訊息。

「可是，應該不會來吧？」我猜想。因為氣象預報說會偏北，台灣不會被掃到。

「會來。」小頭說得肯定。

「又是那些樹告訴你的？」我問。

小頭點頭。

「可我相信我們的氣象預報。」我說。

「氣象預報不是不準？」小頭吐我的槽。

「你又知道了？」我反問。

「早就聽說了。」小頭回得很快。末了還加了句：「我寧可相信老樹他們的感覺。」

「好吧，我倒要看看，是你的準，還是我的準。」我和他賭了。

為了這個賭注，我和小頭鬥了三天的嘴。到第三天，當氣象局確定了颱風轉向，發布陸上颱風警報後，我就知道我輸了。

原本平靜無風的天氣，像變了臉的怪獸，毀了公園的木椅，拔了路邊的電桿，垮了一排的路樹，還有對面大雄家的鐵皮屋頂，被掃到三條街後的菜園裡。

整個天空就像怪獸發了瘋似的，呼呼作響。

「你說得還真準。」這下我不得不佩服小頭的神準預測。

「不是我說的，是老樹它們說的。」小頭指正我。

「是是是，算它們有先見之明。那它們……」我正打算問小頭，那些老樹還有什麼未卜先知的訊息時，就被小頭一聲驚呼給打斷。

小頭盯著電視大呼：「真的是這樣，真的是這樣！」

小頭看到的是新聞報導的土石流慘況，山洪挾帶著泥土滾洩而下，摧毀了連外道路，吞噬了橋，還沖刷河道……

「這種情況已經很常見了，不要那麼大驚小怪好嗎。」我很不以為然的說。

「就是這樣，就是這樣。」小頭還是激動得喃喃自語。他的臉和電視的距離只差不到十公分。

「小頭，你已經快貼近電視了。」我提醒他。

「真的是這樣，情況比我們想像的還要糟。」小頭急得又開始情緒不穩。

我見苗頭不對，趕快上前去拍拍肩膀，並把他拉離電視。

「你還好吧，冷靜，冷靜一點。」我試著安撫他。最近一直想找機會騙他去看醫生，但總被他給溜了。

「你叫我怎麼冷靜，你看，土石流的情況這麼嚴重，你們還不警覺嗎？」小頭一副大人的口吻教訓我。

「警覺是警覺了呀，但我也沒辦法。你不要那麼大驚小怪好不好，這種情況在下雨後常常發生。」我說。

「你怎麼能這麼說，你將來是要有大成就的，你應該要很嚴肅的看這件事呀。」小頭很氣的跳啊跳。

「沒那麼嚴重吧？」我真不知哪裡做錯了。

「怎麼會不嚴重？怎麼會不嚴重？」小頭急得跳腳後，還激動到眼淚奪眶而出。

或許是我哪裡的話又刺激到了他。他竟又哭了。

「不會吧，你又哭了。」我意識到事態嚴重，為了不驚動到正在煮飯的媽，趕快把電視給關了，再把小頭拉到房間裡。

「你怎麼動不動又哭，像個男子漢好嗎？」進了房，我不太高興的對小頭說。

「我哭是因為我急，我急是因為你一點都不關心，我看爸爸是找錯人了，竟然找到一點都不關心未來的你。」小頭邊哭邊指責我。

我則感到無辜又可笑，這土石流的事，我管得著嗎？

「我又不是神仙，我能做什麼？」我說。

「可以，不是神也能做很多事。」小頭回我。並說：「你們都不

做，怎麼能說不能做。」

小頭的話像繞口令。一下能做，一下又不能做。我只好問：「那我們要怎麼做？」

「從現在開始補救，一定來得及，不然再這樣下去，未來的事情都一定會發生。」小頭氣鼓鼓的一口氣說完。

可是，小頭的話顯然有很大的矛盾，我不解的問：「未來的事不是都已經發生了嗎？」

「是啊，是已經發生，所以我們才想辦法來這一趟，看有沒有什麼辦法能從這個時間點拯救一下，或者是能從這裡找到我們未來能做的事，你懂嗎？」小頭回答。

我沒點頭也沒搖頭，因為這實在是難以理解。

小頭大概是看我半天沒回話，他索性朝陽台走去，舉起右手對著外頭的天空。

我看到他像是在發射什麼東西一樣，拿著之前他給我看的那個基因定位儀按啊按。

「你在做什麼？」我好奇的問。

小頭沒理我，只顧看著風雨漸停而透點微亮的天空。

一會，小頭說：「回來了。」

我向外看去，半灰濛的空中，出現了一個黑點，由遠而近，迅速落在小頭的手掌心中。

「是什麼？」我快跑向小頭。

小頭專心的看著手中的小黑方塊說：「是地質偵測器。」

「地質偵測器？」我看那像一塊糖果般大小的黑盒子，怎麼也不像什麼偵測器？「有那麼小的偵測器嗎？」我脫口說。

「當然。你看。」小頭把那小黑盒翻過來。反面的黑色殼子中間有一塊紅與一塊綠，小頭將紅色往左一推，奇怪的事發生了。

那小小的塊狀盒子在小頭的手心裡逐漸加大變寬，最後開展成像一本參考書那麼大。

「天啊。」我心裡暗叫一聲。這什麼鬼東西？我看看小頭。

小頭嚴肅的將臉對著那變大的盒子，我看他像在專心的注視著盒面，彷彿那怪東西會有什麼變化一樣。

果然，在我的想法剛過後，那黑呼呼的盒面上浮出個眼球的影像，影像中有十字光在位移，最後聚成中心一點，接著一陣微小的卡卡聲響起，隨後黑色盒面就向兩邊刷去，露出被玻璃蓋罩著的東西。裡頭有橘有紅有藍，不同的光各自散布著，閃閃而動。

「這……這是什麼？」我驚訝看著小頭全程的動作。「你……你在變法術？」

「這不是法術。」小頭正經八百的糾正我。「我在用眼球密碼開啟這地質偵測器。」他還附加一句：「不要那麼大驚小怪，這種儀器在我們那個時代很普遍。」

「真的是未來呦？」我小聲的詢問。

小頭氣呼呼的瞪了我一眼：「廢話，我早就說過我來自未來了，你就不信。」

看他顯神通後，我信了百分之八十。

「那……」我伸長脖子指著那黑盒子問：「大片橘以及小片藍是代表什麼？還有橘中間有分布紅光又代表什麼？」我看那裡頭橘紅占大部分，藍光占了少部分。

「真的那麼糟了。」小頭沒理我，反而是一直搖頭，憂心寫滿了臉上。

「到底是怎麼了啦？」我很沒耐性，尤其是對那些稀奇古怪的東西。

「你看看，這裡的土質流失了大半。」小頭指著那橘色閃動的區

塊要我看。

我看那橘紅色區塊，呈輻射狀散出去，幾乎快成了扇形面。「橘色是中級嚴重區，而散布在其中的紅色區塊則是最嚴重的區塊。」

小頭又指了藍色區塊對我抱怨：「你看看，藍色這裡表示植被和土壤還呈現正常值，但所占的區塊已經不多。所以這表示環境正在快速的改變，你們知道嗎？」

我咧著嘴，不知該說什麼？這如此深奧的問題，好像不是我所能給個答案的。

「你們到底知不知道？」小頭又再一次的問我。

「我們可能知道，也有可能……不知道。」那不知道三字我說得很小聲。因為自己說來都心虛。

「你們怎麼能不知道呢？」小頭愈說愈急，「就算別人不知道，但你不能不知道啊？」小頭抓著我的手說。

「我知道，我知道。」我趕緊回他。

「那你到底是知道還是不知道？」小頭認真又急切的看著我。

「我……」從他質問的神情中，我像被人拿把刀在威脅著。「你別這樣看著我行不行？好像這一切都是我造成的？」

「你不能不懂呀，這些你都要知道，我們還要靠你做點事，為我們做點努力，這些你全都要知道的。」小頭急得雙手的拳頭都握起來了。

「我哪知道那麼多？我又能做什麼？我不就一個人，一雙手，能改變什麼？」被逼急了我口氣也好不了。

「你怎麼能這麼說？你是要有成就的人，怎麼能這麼說？那我們辛苦的來找你有什麼用？」小頭氣得眼眶裏又有淚水在打轉了。

我真是說也說不清。「你怎麼這樣說？我以後有成就也不代表我現在就要什麼都知道啊？我才十四歲耶，照你的說法不就是要一個嬰

兒出生後就會拿槍上戰場打仗嗎？」

「如果可以那最好呀。」小頭大聲說。

我一聽，差點沒暈倒。照他的說法，只要能達到目的，不管什麼方法都行了。「那你找個東西讓我快速長大呀，最好馬上就能符合你的期望。」

「早知道會找到那麼笨的你，我早就帶來了。」小頭一臉不服。

聽聽，這樣說我。我手扠腰，不客氣的跟他說：「喂，好歹我也是你爺祖輩的，你罵起來像在罵孫子一樣？」

小頭這才猶豫了一下，沒再念下去。

看來他還知道要敬老尊賢。

「我不是不知道問題的嚴重性，只是我人微言輕，能做的事不多。」我實話跟他說，「你看那土石流狂洩的場面，我有能力去阻止嗎？」

小頭不再說什麼，但看得出他的臉上不太高興。他把探測器縮小到牛奶糖一樣的大小後往口袋一放。在出門前他碎碎念了幾句：「你們根本不知道，到時你們能見到的綠地就跟天上稀稀疏疏的幾顆星星一樣的少。」更嘀嘀咕咕的說：「環境已經在改變，你們都不警惕。」

「不會那麼慘吧。」我隨口搭上他的話說。

「等著看吧。上天會給你們警告的。」

小頭丟下這麼一句。

這話本來沒什麼，但或許是心理作祟，愈想愈覺得這句話像是個詛咒直繞心頭，讓人有說不出的不舒服感。

果然，在颱風過後的第二天，小頭又有小小的異常。

小頭這次沒有很激烈的行動，只有不時將頭抬望天空。

颱風走後的天空，又綻放了光明，去避難的太陽也露了臉，開始

夏日的烘烤。只是我不懂，小頭望向天空的臉面更凝重。

「不好，它們不好。」小頭回我。

「又怎麼了？颱風不是過了？」我可好奇了，現在又有什麼稀奇古怪的事嗎？

「樹它們很恐慌。」小頭不安的說。

我本來蹺著二郎腿在聽歌的，聽他這麼一說差點沒跌下椅子來。

「你說樹會恐慌？」我真是聽到大奇聞了。「那狗不就會發瘋了嗎？」我反嘲笑他。

「一點都不好笑。」小頭很不高興的對我說：「真的，它們有感覺，水的危機來了。」

「真的假的？」我滿腦子問號。「不是颱風剛過嗎？哪裡來水的危機？」我想想：「該不會是指淹水吧？」

「不是，那已是過去式，淹過了。它們現在恐慌的是未來式。」

小頭站在窗台前望著外面。

「真的會有危機嗎？」我實在很難相信。水的危機？颱風過後的台灣島上，水是多得倒不出去。還有什麼水的危機會比這更可怕呢？

「真的，真的。你不要不相信。」小頭斬釘截鐵的說。

「嗯……我……嗯，相信。」我也不知怎麼了，竟然開始有點相信小頭他的話。

或許是心理因素，或者是心底最敏感的神經。總覺得被小頭這麼一提，好像真的哪裡怪怪的。想找個答案，但又毫無頭緒；問小頭，他又說不出個所以然來。直到第三天，我才發覺事情不對了。

新聞台的跑馬燈上打著：「因颱風影響，石門水庫的原水濁度驟升，桃園地區供水嚴重

失調……」

「不會吧。」我吃的一口蘋果差點噎住。

這裡在颱風過後總是會停水，我們從不知為什麼大雨過後水多了也要停，不過還好停水的時間總在三天之內，三天過後水就會來的。雖然來的時候水量像尿尿一般的小，但總不會不來的。

可是這次……

「是了是了，就是這事。」小頭對著電視大叫。「原來它們怕的是沒水這件事。」

「沒水……會很嚴重嗎？」我小心的問。

「會，很嚴重。」小頭用力的點頭。他還不忘加了句：「這只是警告。」

果不其然，小頭的話說得準確極了。

持續停水的前二天還好，我們的頂樓有

個大水塔應急，還不致於感到不好。但當水塔的水已快見底時，最先抓狂的是媽。

「請問你們什麼時候來水？」媽連煮菜穿的圍裙都沒脫，就抓起電話打到自來水公司。

……

「什麼？不知道？連你們都不知道我們要怎麼辦？」

……

「要我們儲水備用？怎麼儲水？水都沒來還儲水？儲尿水嗎？」

……

別看媽平常客客氣氣，溫溫和和的，遇到她忍無可忍時，她也顧不得溫良賢淑這四字。

「周媽好酷！」小頭小聲的對我說。

「你才知道。」我說。

也不知道自來水處那裡怎麼跟媽說的，只聽見媽劈哩拍啦的說：「你們一個推一個，都推得一乾二淨，那要你們做什麼用？」

……

「原水濁度！原水濁度，你們不會

想辦法讓濁度降下來嗎？」媽愈說愈氣，最後索性直接掛電話撥到另一個單位。

「經濟部水利署是上級單位，你們也不知道，那我們就活該倒楣？」

……

「颱風來是藉口，清理水庫的汙泥早就該做了，颱風又不是天天來。」

……

「夠了，不要跟我說這些，有時間說這些，怎麼不去想辦法解決……」媽到後來還是氣得掛掉了電話。

「跟一群米蟲講有用嗎？」媽坐在沙發上好一會。最後像洩了氣的皮球喃喃的說：「還不是要面對現實。」

媽說的現實是洗碗槽裡的一堆碗盤，還有洗衣機裡的一堆衣服。

去賣場搶買來的水只能用在煮飯，不能拿來洗東西，而眼前一堆待洗的衣服碗筷，已像垃圾一樣的礙眼。

不得已，媽只能拉下臉皮向隔壁阿婆接抽水井的水來應急。我和小偉、小頭也趕忙拿水桶臉盆來裝水。能用的水缸水桶都派上用場，最後連浴缸也盛滿了水。

「有水的感覺真好。」看著清清的水波在浴缸裡微蕩，心底突然有一種幸福的感覺。

「這水能撐多久。」正當因有水而稍微開心時，小頭很不客氣的就潑來一盆冷水。

「你一定要這麼掃興嗎？」心情已經很煩了，還要被喚起水還沒來的記憶。

「事實就是事實，問題才開始而已。」小頭像是先知一樣，說得肯定。

果然，真像被下了詛咒一樣。第五天了水還沒來。

小偉也開始不耐。他每出去一趟回來就滿身是汗，回來大量用水沖個涼快會被媽念，若沒沖又是一身臭汗味，惹得媽用千里傳音的神功追著小偉喊：「周景偉，你不要一直趴趴走，給我待在家裡行不行。」

「為什麼我不能出去玩！」小偉抗議。

「可以，但不要滿身臭汗回來，也不看看現在是什麼時候。」媽也提高八度音。

「那馬桶臭死了，也沒有水沖。」小偉嚷著。

「等一下洗澡的時候再用洗澡水沖。」媽下命令似的交代。

「為什麼水都不來？」小偉大喊的問著。

「你問我我問誰！」媽也煩了。

我美麗溫柔的媽，和可愛的小弟，像吃了炸藥一樣，隨時都有一觸即發的感覺。

「怎麼會這樣呢？」我問小頭。

「很正常的現象啊。環境在改變，人也會跟著改變。」小頭說。

「那我呢？」我問。

小頭看了我一眼，不疾不徐的說：「快了，看你忍耐的限度。」

沒錯，小頭的話很靈。

在第七天，應急用的水所剩不多時，連我也開始恐慌。

媽用鍋子燒水進去洗澡時，我用力的聽浴室舀水的聲音。小偉進去洗澡時，我也看著時間數。而爸最會蘑菇，一洗就半個小時，水還嘩啦啦的流下。最後，我實在是壓不住內心的好奇，偷偷的爬上氣窗，看爸到底在洗什麼澡？

「你……老大……你在幹什麼？」小頭在我才瞄到爸的肥肚時就把我拉下來。

「看我爸用水啊。」我實說。

「你之前不是說我偷窺，自己還不是一樣！」小頭說。

「以前是以前，現在時機不同呀。」我辯解。「現在家裡水都快沒了，我不知爸怎麼還能在裡面這麼久？」

「那你這樣也不能偷看人家洗澡啊。」

「可我急嘛。」我說。不過同時我想到一件事。「奇怪了，你怎麼反倒不急了？」

若我沒記錯，小頭從出現之後，就一直在意我們的環境與生活，但在事情發生後，他反倒不急了。

「這些我們都經歷過，已經麻木了。」小頭淡淡的說。「我比較在意事情發生之前的所有事。而事情發生後，除了面對以及解決之外，還能怎樣？」

小頭的話裡頗有這些都是我們自做自受的意思，聽起來不是很舒服。

「那要怎樣面對和解決？」我反問。

「找人哪，誰造成的就找誰呀。」小頭回答得很快。

「石門水庫造成的，難不成要我找石門水庫嗎？」我很不以為然的回他。

「水庫有什麼罪？它喝飽了水，就是吐不出來。該找的是那些造成水庫堵住的人。所以要繼續打電話，塞爆所有相關的單位，這樣就沒人敢不理了。」小頭得意的出了個主意。

我也知道只能打電話去抱怨，電話成了我們唯一的武器，就我所知，我們整個停水的區域，早就有數不完的電話打去自來公司以及各級政府了。

就連爸這樣好脾氣的人，也都被媽逼著拿起電話，一層一層的往上追。「你們非得要我們上街抗議才想得出辦法嗎？里長和民意代表

做的都比你們快……」

爸說的是真的，當晚就有立委送水來。

「我們能調到的礦泉水就只有這些，大家先拿去用。我們已經派人下中南部去買水了，請大家稍微忍耐一下。」

代表挨家挨戶的送一箱礦泉水，還保證要叫所有官員負責。

「給我們水可能比要他們下台還重要吧。」爸對他們說。

那些代表們各個點頭稱是。

的確，現在負責應該已經沒有用了，叫官員下台可能還沒這一箱礦泉水來得重要不是？

只不過那一箱的礦泉水，似乎只能救得了一時，明天過後，我們還是得擔心，這水究竟什麼時候來？

7. 沒有水的日子

「里辦公處報告，根據自來水公司表示，今天晚上十二點就會採取分區供水，本里的供水時間為今晚十二點至明天早上九點，請各鄉親長輩儲水備用……」

在停水的第八天，終於聽到水來的消息，雖然只有短短幾小時，但卻像荒漠降下甘霖一樣令人振奮。

當晚，全家就守在客廳，豎起著耳朵，靜待那流水嘩啦而來的聲音。

這是停水後大家第一次那麼有精神的關注一件事。因為在漫長

的等待裡，所有的心力都快被消磨光，什麼事都提不起興致，只有「水」是大家唯一所關心的。

「水桶和水缸準備好了嗎？」媽交代。

「好了。」我們幾個人異口同聲回答。

「爸爸，水塔的開關打開了嗎？」媽問爸爸。

「放心，已經開了，水來就可以抽上去了。」爸說。

我們坐著數時間，靜謐的空間裡，只有時鐘滴答響著。偶爾交雜著爸的打呼聲，忽停忽起。

「還有十分鐘。」我拖著沉重的眼皮說。

這種等待真是折磨人。要以等水的意志力和瞌睡蟲的魔力相抵抗，簡直就是一種不可能的任務。

「水啊水啊，你怎麼還不來？」我癱在沙發上。

「你們的里長說話算話嗎？」小頭懶懶的問。並自己接了下一句：「我相信里長，但不太相信自來水公司。」

小頭這話真是說得太準了。

十二點過後，水龍頭裡一度傳來噗噗噗的聲音，就像水過水管要流出來一樣，而且在噗了幾次後，真有流出二滴水來。

「來了來了！」一直盯著水龍頭看的媽，像發現金塊一樣的大叫。

爸第一個跳起來，快速的衝過去把水桶放在水龍頭下。我則帶著臉盆跑第二，小頭拿著大鍋子跑第三，就連吉利也湊上來，伸長著舌頭巴望著。只有小偉，睡得像豬一樣，完全沒有任何行動力。

「再來，再來！」媽像是在呵護小孩一樣，對著水龍頭叫再來。

可是水龍頭像是要我們一樣，在滴了二滴水後，就再也擠不出一丁點。

「怎麼會這樣？」媽像洩了氣的皮球一樣，跪坐在地上。

爸上前去向左向右把水龍頭扳來扳去，就只有聽到噗噗的聲音，其他的什麼都沒有。

那種感覺真的很沮喪，本來對那個水龍頭有很深的期待，現在卻只能眼巴巴的乾瞪眼。

「可能大家都在接水，我們再等等。」爸安慰我們。

我們努力的守在小小的浴室裡，殷切的盼望水龍頭裡能流出水來。

無奈時間一分一秒的過去。媽終也按捺不住，氣得找爸出氣。

「你去問問，看到底在幹什麼？為什麼水說要來還不來？」

媽的頭髮有點亂，一雙眼紅紅的，看起來好憔悴。如果媽看到鏡子裡的自己成這副模樣，肯定會瘋掉的。

「可是現在……」爸為難的看了看時間。

現在已經凌晨二點了，媽要爸去打電話，我看爸的臉色好為難。

說。

「秀慧，現在已經凌晨二點了，好像不太好……」爸支支吾吾的說。

「我不管啦，你要給我個交代……」媽像是氣極了。

「我……我又不是自來水公司……」爸滿臉委屈。

「你不會打電話給立委或里長問個清楚啊。」媽氣呼呼的說。

「好，好，天一亮我就打，好不好？不要現在，現在人家都在睡覺了……」爸好說歹說的安撫媽。

我和小頭只能晾在一旁，半句也不敢吭一聲。我現在才發覺，媽拗起來比小頭還像牛。

就這樣，我們幾個從半夜坐等到天亮，水還是沒有如期待的流出來。

爸撐到七點才打電話給里長，問明了原因。原來是水量一出，管線前方的用戶就在接水，而且水壓也不夠，到了我們這管線末端，水

就來不了了。

「水壓不夠不會加壓嗎？」媽把一鍋熱騰騰的稀飯擺上桌。

媽雖然一心掛記著水，但她總是不會讓我們餓著的。只不過這早餐，仍舊和幾天前一樣，都是吃稀飯。媽說沒水就只能吃稀飯配醬菜、肉鬆等，這樣比較不會浪費水。

「好想吃豆漿饅頭。」小偉邊吃邊念。

但馬上被媽白一個眼：「有得吃就不錯了，現在都沒水，外面的東西你敢吃嗎？」

「閉著眼睛也可以吃呀。」小偉嘟著嘴說。

「那就閉著眼把稀飯吃了。」媽這招更狠。

我和爸互看了一眼，蒙著頭就趕快吃，現在我們誰也不敢得罪家

裡的太后娘娘，她現在的心情很不好，隨時都會抓狂的。

「你電話到底打了沒？」飯扒到一半，媽就追著爸問。

爸一口稀飯差點嗆到，我趕緊拍他的背。爸說：「打了，打了。」

「全都打了嗎？」媽臉很臭。

「都打了，沒有一個漏掉的。」爸趕緊說。

「那結果呢？」媽追問。

「結果是……原水濁度還是很高……」爸回答得很小心。

我看爸頻頻拭汗，也不知是稀飯太燙，還是被媽的嚴詞給嚇到。

媽一聽臉色更難看。「把我們當二等公民。」

「對對對。」我趕緊附和。

媽讚許的看了我一眼。隨後像發現什麼似的問說：「咦，小頭人呢？」

我看看四周。小頭不見了！

「他之前明明還在啊。」我說。

「那人呢？」爸也覺得奇怪。

「哥，小頭哥在那裡。」小偉手一指電視。

裡頭正在做實況連線報導。

「……連日停水的大桃園地區，現今仍未正常供水。記者所站的位置就是桃園地區重要的淨水廠入口，今早院長及所屬部會首長來視察，不料卻被一名少年攔阻抗議……現在我們就來訪問這位少年朋友……」

我看到小頭拿著麥克風等了好久，他頭上還綁著抗議的布條。

「我們要的是水，不是來來去去的官員，只要給我水，其餘免談……」

「是小頭！」我第一時間跳起來，再以最快的速度衝出門外。儘管爸的聲音在後頭聲聲傳來，但我的兩條腿就像踩了風火輪一樣，超速的到達現場。

淨水場現場離我們家不遠，遠遠就看到一排記者，鎂光燈閃啊閃，還有小頭抗議不斷的聲音，小頭的旁邊還多了幾個同學，還有些阿姨和老阿嬤也在那裡，大家動作一致，聲音宏亮，表達抗議。

「小頭，你在幹什麼？」我跳進他們抗議的圈圈中詢問。

「抗議呀！我在表達我們的憤怒。」小頭把我也推上鏡頭前，還抓著一個記者叔叔，要他採訪我。

「你也來抗議的是嗎？」記者叔叔麥克風遞上來，我躲都躲不了。

「嗯……嗯……」我嗯了半天，實在講不出一個字，面對如此陣仗的媒體，我的嘴巴早就不聽使喚了。還好這時有人把我的麥克風一把搶去，對著鏡頭就連珠長串的說下去。

「我們都是來抗議的，別看我們是老弱婦孺，我們也有抗議的權

利。沒水要停水就算了，現在是水庫洩洪，我們卻停水，這什麼道理，淤泥早就該清了，山坡地的問題也早就要處理了，等到現在才在檢討要做，你們都睡死了嗎？……還有停水停了快十天了，政府連派水車送水都沒有，你們當我們是仙人掌，都不用喝水嗎？我們同樣都有繳稅，為什麼要被這樣二等對待……我們養你們有什麼用……」

搶我麥克風的竟然是媽，她一手拿鍋鏟，一手搶拿麥克風，在記者前大吐苦水。

而隨後趕到的爸看到媽和我都在抗議的行列，他也想辦法鑽進來。

「你們……不會吧……秀慧，好了，好了，先回去吧。」爸不是來加入抗爭的行列，而是來勸媽和我的。

我看爸直躲著記者的鏡頭，好像見不得人的樣子，反倒是媽，威風凜凜的站在人群前頭，簡直把爸給比了下去。

「秀慧……」爸拉著媽。「這樣不太好吧。」

「你出去啦，你是律師，知道你的難處，這裡就交給我們老弱婦孺，我看他們能把我們怎樣？」媽下巴一翹，拿著鏟子的手點點爸的胸膛，驕傲的要他放心。

媽還要爸看看後面，因為後面來了一群歐巴桑和小孩，人人手拿鍋鏟、鍋蓋、還有水桶等等，敲敲打打一路而來。

「哪來那麼多人？」爸露出驚訝的表情。

媽得意的說：「我跑出來時就叫街坊鄰居帶傢伙過來了，絕對不能錯過這天大的好機會。」

我看爸無言的苦笑。

我還真不得不佩服媽，媽把平日的婉約形象都丟了，準備衝殺上前線去。

「那我們還怕什麼！」我對小頭說。「反正有媽撐腰，要叫就叫

大聲一點。」

果然，有叫有效，下午政府的水車就在每條巷口送水，還請了阿兵哥叔叔們載送過來。

我和小頭以及爸爸接力拿水桶去提水。

「還真不知你媽這麼厲害，三兩句就把人罵到趴下。」爸邊接水邊說。

我和小頭則在旁邊偷笑。沒想到爸和媽結婚多年，到今天才知道媽是什麼樣的人物。

「我先提回去了。」爸漲紅著臉，使盡吃奶的力一手提一桶水。

看爸一晃一晃的走，桶子裡的水也大片大片的濺出，我看等爸走回家後，水

也差不多剩一半了。

「唉，真是為難周爸了。兩桶水真的很重呢。」小頭給予無限同情。

不過我倒是對他去抗議的行為頗為好奇。「喂，你怎麼知道要去那裡抗議？」

小頭聳聳肩：「我本來一早要去打探水到底來了沒，剛好就看到有很多記者來這裡，一問之下知道有大官來，我就跑來啦。」

「你還真聰明。」我敲了敲他的頭。

「我本來就很聰明。」小頭躲開我的手說。

「那還不是遺傳到我。」我得意的回他。

而就在我們兩人東拉西扯

之際，另一條接水的動線突然騷動起來。

「妳裝得太多了吧？那麼多桶。」有人放話出來。

「我們家沒有水呀？」有個阿桑回。

「你們家沒水，我們也都沒水，你沒看到後面排那麼多人？」有人發出不平之鳴。

「你管我。不然你接水給我。」看來那阿桑很兇。

「留一點給後面的人啦。」有人看不過去也跳出來聲援。

「我也是照排的啊……」

沒多久，一群人吵成一團，連髒話都出來了，最後是女人又哭又尖叫的直響天際。

「好恐怖的場面。」我聽那尖聲的大叫，直起雞皮疙瘩。

「很正常。因為水少人多嘛。」小頭手一攤。

「但這樣吵，好像不好。」我說。

「都餓得沒飯吃了，你還會管形象嗎？」小頭不以為然的說。

「你這樣講很現實耶。」我不同意他的看法。

「現實本來就如此啊。」小頭回道。他還指著我們前面突然插過來的一個水桶說：「看，有人插進來了。」

那水桶是由一個年輕叔叔拿來的，他把水桶交給為我們放水的里長嬤。

「你們先等一下，先讓他接這一桶。」里長嬤說。

里長嬤是里長的阿嬤，七十幾歲了，臉上皺紋不少，但胖胖的臉面，總堆滿著笑容。她從水車進來之後就頂著大太陽在幫大家接水。所以她這麼對我們說，我也不好意思說「不」！

我很自然的就點頭回：「沒關……」

沒關係的「係」字還沒說完，就被小頭插進來。小頭說：「不行，怎麼可以插隊。」並指著那年輕的叔叔說：「他為什麼不排隊？」

「他們是社區裡的志工，專門幫獨居老人去提水的，可以讓他們先提嗎？」里長嬤說。

我當然說好，這是好事。但小頭顯然不這麼想，他趁我還沒來得及說好之前就搶在前說：「不行。」

「嗯……」我看里長嬤愣了一下，她大概沒預期到小頭會這麼回答他。

我趕緊把小頭的頭扳過來，低聲問：「你幹麼，給人家先沒關係呀！人家是志工，而且是幫老人家的。」

「老人又怎麼樣？水就這麼多而已，先排先提啊。」小頭反駁。並說：「對別人仁慈，就是對自己殘忍。」

「你怎麼這麼說？」我從沒想過他會有這種想法。

「這是事實啊。我們那裡都是這樣。」小頭一副很有理的樣子。

「你們那裡不是我們這裡。」我跟他說明。

「還不都一樣，你自己都快餓死了，你還會分食物給別人嗎？」

「你你你……你說這話怎麼對？」我指著他的鼻子說：「我們又還沒快餓死，能幫別人就幫別人呀。」

「說得簡單，到時真的連滴水都沒有，還怎麼幫助別人。」小頭嘀咕的說。「自然生存的法則裡，適者生存，不適者淘汰。」

「你這什麼歪理。我們是人，不是動物耶。」我提醒他。

小頭把頭撇過去，擺明不理我。我也不甩他，直接跟里長嬤說：「里長阿嬤，你們先接。」

里長嬤和藹的對我笑笑，也對我們後面一排的人說不好意思。

回程的路上，我和小頭推著推車載著兩桶水。他不理我，一路上自言自語的念著，我拉長著耳朵，隱約聽到他還在抱怨剛才讓別人先接水的事。我知道他心裡一定不爽。而且把推車拉得好快，裡頭的水都灑了出來。

「喂，慢點，水都灑出來了。」我說。

「你不是不在乎。」他不高興的反問。

「這事跟剛才那件事是兩回事，你幹麼混在一起。」我心裡暗罵他小氣。

「我做得沒錯。」小頭很堅持。

我可不這麼認為。我瞥見剛才那做志工的叔叔，又提著一桶水從我們身旁而過，進了一戶人家家裡。我心想，正好，機會教育來了。

我推車擺在一旁，馬上拉著小頭就跟去。

「做什麼？」小頭問。

「待會就知道。」我說。

我帶小頭到剛才叔叔進去的那間屋子前，在鏽了的鐵門外探頭進去看。

「伯伯，我們幫您把水倒到水缸裡，您需要的時候就可以用了。」

那是年輕叔叔的聲音。

「謝謝，謝謝啊。」蒼老微弱的聲音從暗暗的屋裡傳來。

我拉著小頭往裡頭走一點，從破洞的紗窗看進去，裡頭有個白髮老伯伯，駝著背，拄著拐杖，坐在椅子上。他的左腳還裹著紗布，好像行動不便。

「伯伯，你放心，水很快就來了，水還沒來之前，我們都會幫你提水，你不要再自己提水了，不然又會跌倒喔。」

那個年輕的叔叔蹲下來跟老伯伯講。

只見那老伯伯頻頻點頭說謝謝。

看完這一幕後，我把小頭拉出來。我要他想想：「看，人家多老了，又行動不便，不幫他提水，他都沒水喝了。」

「不對，當資源不足時，我們就必需要有取捨。」小頭否定我的說法。

「不對不對。你的說法不對。」我反駁他。

「哪裡不對了？當你在沙漠裡只有一杯水能活命，你會自己喝還是把水給一個老人？」

我猶豫了一下。

「當東西不夠時，我們能先想到的只有自己呀，對不對？」小頭很堅持的對我說。

我明知他說的不對，但一時卻找不到充足的理由反對他。

小頭見我沒說話，也不管我。他自顧自的走去前面第三家的門口，把放在人家大門前的一箱礦泉水拿過來。

「你在幹麼？」我指著他抱著的那箱礦泉水問他。

「抱回去呀。」

小頭說來完全不猶豫，更別說他會覺得有一丁點不好意思。

「里長廣播每家都只有一箱。」我提醒他。「那是別人的，而且是老伯伯家的。」

我知道這一排很多老人家，而且多半是一個人。

「我知道啊。我就是觀察很久，知道這裡只有住一個老人，所以我才拿呀。」

我定定的看著小頭。沒想到他這傢伙，竟然注意人家一段時間，更誇張的是，他明知是老人的卻還拿得理所當然。

「拜託，這位同學，你知不知道你拿走的水，有可能是人家的救命水？」我也不管大推車擋了人家的路，就直接要小頭把話說清楚。

「一個老人用不了那麼多的水，當然要給需要的人，這是很自然的道理。」小頭很堅持。

「但是每家一箱，是分配好的，不是你的就不能拿。」我說。

「分配的方法不對，不能把資源平均等量分配，而是要給需要的人。」小頭和我爭執。

「又不是你說了算。」我把他手裡的那箱礦泉水搶來。

「你竟然搶我的水。」

小頭因為抱著的礦泉水在沒防備之下被我搶了過來，氣得跳腳。

「這不是你的。」我嚴正的糾正他。

「我拿了就是我的。」小頭跑過來要搶。

我閃一邊去，沒讓他得逞。「你是土匪啊。」

「你才土匪。」小頭追著我。

我知道自己跑不過他，只好繞著推車轉，反正繞著圈跑，他又追不到我。除非……

我想到的「除非」是他直接跨過手推車，跨過兩桶水，不然是追不到我的，我百分之百確定他不會做。

不過，當他跳過手推車，撞翻兩桶得來不易的水，直接把我撞倒後，我就知道我失算了。

我錯估了小頭他不是個正常的人，我忘了不能用正常的邏輯去評估他，我更忽略了他對水的重視。

「你你你……」我指著小頭。再看看那滾到旁邊的空桶。「水——都——沒——了——」

那是千辛萬苦排隊提來的水，就這樣匡一聲全沒了。

「你這個Trouble Maker（麻煩製造者）！」我火了，一拳就朝他的小臉揍去。

「你……你竟然打我！」

我看他摀著半邊臉，氣得跳啊跳，像個猴子一樣。

「打你又怎樣，我還給你第二拳。」我真的送他第二拳，朝他另一半臉打去。

小頭哇哇大叫，最後就撲上來對我亂打。「啊——你竟然打我——」

「啊——打你又怎樣——」

我亂拳出招，他又踢又叫，這當中我不知打了幾拳，也不知被他打了幾拳，反正在一團混亂中，我只知道和小頭又打又滾，誰也不讓，最後我們兩個像麻花一樣，捲在一起。

「你這死小頭。」

「臭周景元。」

他抓我的頭髮，我勒住他的脖子，又滾了好幾圈。最後一個震耳的尖聲劃破混亂的場面：「你們兩個——」

那聲音真是震懾人心，好像能穿天入地，教人不寒而慄。

「周景元——小頭——」

隨後我們被一個強勁的力量給拉開。那大的手勁是爸，他一手拉著我，一手拉著小頭，把我們強制分開。

而被分開後我才發現那聲穿雲破雨的聲音竟然是媽。

「叫你們提水你們竟然——」媽兩手扠腰，額頭滴著汗。

「我……」

我本來要解釋，但媽根本連讓我說話的時間都沒有，只見她臉色氣得難看，把手一指，爸就拎著我和小頭，像押著罪犯一樣，把我們押解回去。

「你們慘了。」爸低聲的對著我們說。「這回我也救不了你們了。」

回望那兩桶被打翻的水，還有那來不及送還給人家的礦泉水，我真是心疼哪。

「都是你！」我用眼神對小頭表達我的不滿。

他也瞪著一雙小眼看我。

我想，這筆帳得好好跟他回去算算。

管他是來自未來還是過去，就算是來自外太空也沒關係。

總之，我跟這個奇怪的傢伙是槓上了，這會不是他走，就是我留下。

對，就這麼決定了。

8. 一本書的啟示

整整兩天，我和小頭就像仇人一樣，見了面分外眼紅。要不是他，我也不會被媽修理一頓，還面壁思過一整天。

可是，不管我們再怎麼不爽對方，還是得同處在一個房間裡。雖然我想和小偉擠一間，但再想想，我為什麼要讓，這是我的房間，該走的是他。

「你跨過線了。」我瞄到他一腳超過了我們畫好的地界。

「那又怎樣，踩一下會死啊，縮回來不就好了。」小頭一腳縮回，對我哼了一聲。

「你……」這可氣死我了。好像他做的每件事都理所當然一樣。我可忍不住了，書一放，冷嘲熱諷的對他說：「我現在相信你是未來的人了，無情無義又自私。」我還特別將「無情無義又自私」加重語氣。

他本來在看東西的，一聽了我的話後，馬上轉身過來高聲說：「你竟然說我無情無義又自私？」

換我冷哼一聲，下巴一翹。「我哪裡有說錯？你就是這種人。」

「你們又多有情有義有愛心了？不是也為了水而吵架、打架。」他反脣相稽。

「但至少不會像你那麼自私自利，只管自己不顧別人。」我回答。

「我們管好自己，為我們的生活努力，誰像你們，只會破壞、糟

蹋這片好山好水。你自己看看，濫墾、濫葬，地質流失，又塞住了水庫，哪一個不是你們自己造成的。你們多有愛心，有愛心就不會把爛攤子留給我們了。」小頭說了一長串。

我愈聽愈火：「你說我們把爛攤子丟給你們——」

「對，就是這樣。」小頭回答得毫不猶豫。

真是豈有此理，這些又不是我造成的。我指著他回罵：「你這沒良心又自私自利的傢伙。」

「你們是兇手、劊子手、破壞者。」小頭跳腳回罵。

「你神經！」

「你有毛病！」

整個房間充滿了濃濃的煙硝味，我們兩個吵到歇斯底裡的大叫，誰也不讓誰。

最後還是千里魔音穿透房門傳入，才打斷了我們的交戰。

「通通給我住嘴——」

加入魔音的是媽，她的穿心魔音像利箭，直接把我和小頭的嘴給封了。

「沒水已經快讓我得缺水憂鬱症了，你們最好不要考驗我的忍耐極限——通通給我出來吃飯——」

聖令一下，沒有不接的權利。

我和小頭識相的封嘴，再對看冷哼一聲，馬上就衝出門去吃飯。

我們都知道，情緒低落的媽，誰也惹不起。

飯桌上，雖然我們的嘴閉得很緊，各扒各的飯，但我們眼神的交戰卻沒有停歇。我們互相睨視對方，並從眼裡發出憤怒的目光，射向對手。

「你們怎麼了？看人也不用斜眼看吧。」爸問。

我和小頭同聲否認，「沒有。」

但下一個動作卻是兩個人同時對一隻雞腿挾去，互不相讓。

「竟敢跟我搶？」我心裡暗罵，兩眼瞪著小頭。

我看他凹陷的眼窩裡，那雙眼也不甘示弱。

我挾我挾我挾挾挾。

小頭的動作也俐落，毫不相讓。

就在我們以筷子在半空中交戰得如火如荼時，爸拿大湯杓一撈，把那雞腿給撈到他的碗裡。留下我和小頭停在半空中交錯的筷子。

「為了一隻雞腿？有必要爭成這樣嗎？」爸顯然是看不下去了。

我和小頭都沒說話，互瞪了一眼後，繼續扒飯吃。

「你們是怎麼了？怎麼像仇人？剛才水又停了，你們最好乖一點，你媽現在又很煩了，除非你們想找罵挨。」

我和小頭這才收斂一點。

而在等媽和小偉上桌前，爸問了我有關讀書的事。

「景元，最近有看什麼書嗎？」爸終於想起規定我暑假要讀書的事。

我搖頭，從實招來：「沒有，都在提水。」

爸只點點頭，好像明白我的處境，並沒有苛責。畢竟停水的事搞得大家都很心煩，沒有太多的時間去做自己應該做或者是想做的事情。

「有本書你應該看看。」爸說。

「什麼書啊？」我問。

爸提供的書單，我沒多大的興趣，因為大部分是無趣的書。像之前他要我看諾貝爾文學獎得主柯慈所寫的《小時候》，我看到一半就束之高閣了，最大的原因不是在於書寫得不好，而是我的能力不到，沒本事也沒耐心讀完。

種樹的男人

「不要給我太厚的書，我看不完哪。」我向爸求饒。

「不會，這本很薄。」爸從旁邊的椅子上拿起一本書，那書看上去真的不厚，好像沒幾頁。

「什麼書？」

我本想問的，但小頭快了我一步，我白了他一眼，他很快的回我一個鬼臉。

爸笑笑的說：「書名是《種樹的男人》。很有意義的一本書，裡頭是說一個牧羊人，花了他一生的時間在一片惡土荒涼的高地上種樹，讓一個荒僻的地區成為一個有生命的小鎮。你們有時間可以看看，我覺得還不錯……」

爸的長篇大論還沒發表完，我和小頭就同時將手給伸過去，我這邊離爸的位置較近，快了小頭一步。

書到我手上，我得意的向小頭炫耀。

「你們都有興趣啊？」爸顯然不太相信，他大概不認為我們會突然變得愛讀書。

「有。」我和小頭竟異口同聲。可見小頭心裡一定比我更想看到這本書。

我可不讓他得逞。我書放在腿上，慢慢的一口口的吃著飯。我的動作告訴小頭，他想看到這本書，可有得等了。

飯後，我抱著書躲在床上看。

我偷瞄了小頭好幾次，他不時的向我這裡望過來。他的眼神中洩露了他急切的要想看這本書的訊息。

「你看快一點，周爸說看完後就給我看。」

我看小頭終於是忍不住了，走到界線邊對我說。

「我還沒看完哪。」我一點也不急的說。

「才這麼幾頁而已。你又不是烏龜，看書也那麼慢。」小頭說。

「你又知道烏龜看書慢嗎？」我反譏他。「牠又不是你的朋友。」

「我的意思是你看書就像烏龜在跑步一樣，慢！」小頭在界線上走來走去的說著。

「我高興，我就是慢，怎樣！」

「你故意的。」小頭指著我說。

「對，我就是故意的。」我也不否認。

「你……」小頭又氣得跳腳。但顯然他一點辦法也沒有。

我看他這麼急，心裡頭暗爽著。不過為防他突如其來的舉動，我把書隨身帶著，吃飯也帶，上廁所也帶，去提水也帶，連睡覺也壓在枕頭下。目的就只有一個，我就是不給小頭看。

「沒想到你是如此卑鄙的人。」

一天下午，小頭跨過界，走到我書桌旁對我說。

「你說話客氣一點。」我放下才剛起稿的漫畫，抬頭看他。

「你是卑鄙的小人。」他又說了一遍。

我聽了本想發脾氣，但隨即念頭一轉。「是，我卑鄙，而你是我這卑鄙小人的子孫。」

「哼！」他哼了一聲，兩頰脹得鼓鼓的：「我沒有你這樣的祖先，根本不顧後世的死活。」

「你說的是什麼話？」我站起來，指著他的鼻子說。「我什麼時候不顧後世的死活？」他這種指控太沉重了。

「我說的是實話。」小頭頭一撇，又哼了一大聲。「那本書有很好的方法，你竟然不給我看。」

那本書？我記得了，那本《種樹的男人》。

「你看過那本書了？」我疑問。那本書我隨身帶著，小頭是不會看到的。

「我不會去圖書館借啊。」小頭回答。

「原來你去借了書來看，不笨嘛。」我笑他。

「我本來就很聰明。」小頭嘟著嘴說。

「那聰明的人怎麼會相信那個不存在的故事呢？」我反問他。並提醒他：「你沒看到翻譯者寫的序嗎？那只是個故事，這世界上沒有這個種樹的男人。」

「沒有並不代表不會有。」小頭說。

我本來要脫口而出說：「笑話，誰會這麼笨哪。」但我突然思忖著他的話。沒錯，沒有並不代表不會有。

「你是說，這本書那個男人的方法，對你們會有幫助？」我突然感到好奇。

「對，那個人用的方法雖然看起來很愚蠢，但對我們而言，這也許是個可行的方法。我和爸爸叔叔們一直朝著更先進的方式去找尋解決的方法，卻沒想過這種最笨最原始的方法也許可以做到。」

「等等……」我開始有點混亂了。「你是說照書裡那個人播種種樹的方法，可以挽救即將崩壞的環境。」

「嗯。」小頭點點頭。「這是個希望。」

「難怪你要跟我搶這本書了，原來如此。」我這才明白，小頭急著要看這本書的原因是什麼了。

「所以我說你卑鄙。」小頭回我一句。

我馬上變臉。「喂，龜孫子，竟然就為了一本書說你爺爺我卑鄙。你不說我怎麼知道，說清楚不就好了，我也不會死要這本書啊。」

小頭沒說什麼，只嘟著嘴。

「那現在要怎麼做。」我沒好氣的問。

「我已經準備好了，隨時可以回去，不過我想想還是來跟你說一聲比較好。」小頭還加一句：「免得你說我不告而別。」

呵呵，我乾笑兩聲。「算你還有點良心。」我嘀咕著。不過我突然想到他話裡還說了幾個字。「隨時可回去？你說，你要走了？」我驚訝的看著小頭。

「對啊，我找到了可以一試的方法，隨時就要走了。」

「真的還假的？」到現在我還很難相信小頭他來自未來。

「真的。」小頭很慎重點點頭。他出示一個手掌大的圓型小盒說：

「我樹的種子都準備好了，要帶回去播種。」

「種子？你帶樹的種子回去？」我訝異。

「對啊，我們那裡的環境不要說一粒種子了，就連幾棵樹都很難找，所以從這裡帶樹種回去，應該會是個好方法。」小頭說。

「可是那麼小的盒子你能放幾粒啊？」我指著他那個小盒問。真不知他帶幾個種子有什麼用，最起碼也要帶一袋呀！

「這裡有五十萬顆不同樹種的種子，不是只有幾顆。」小頭更正我的說法。

「五十……五十萬顆？」我瞧他手中的小東西，又不知是什麼稀奇寶貝了，能裝上五十萬顆的種子？

「沒錯，是五十萬顆的種子。不過……」

小頭低頭看著他手中的盒子，像有心事似的說著：「也不知這當中是否有十分之一能長成大樹？」

「五十萬顆，應該有吧。」我說。

「誰知道呢，要試試才知。」

「那……」我突然一個念頭閃入。「可不可以也帶我過去看看。」我沒有想太多就脫口而出。

「什麼？你要跟我去？」換成小頭咧嘴驚訝的問我。

我百分之百確定的點頭：「對，我要跟你去。」

「可是……」

「可是什麼？不行嗎？」

「不是不行，任何物質透過我們的傳送都可以來去一次，可是我

是擔心那裡的環境充滿了不確定。」

「不確定也沒確定不好，就讓我去一趟吧，說不定這一趟走過，對我未來有更大的幫助。」我試著說服小頭。

「這……」小頭表情為難。

「你都可以來了，也讓我去一次吧？」我近似哀求的要他答應。

「我要先問爸爸叔叔他們，如果他們可以的話……」

「沒問題，你先去問，只要你不先跑回去，我都可以等。」我清楚表達我的意願。

小頭最後拗不過我的死纏爛打，同意試著把訊息送到未來。

「你確定嗎？」他發了訊息後又再問

我。「決定了就不能反悔喔。」

我看著窗外皎潔的月亮，用力的把頭一點：「確定了。絕不後悔！」

9. 到未來去

「……在傳輸當中，你的全身會感覺到像針刺一樣的痛，但這種感覺一下就過了，那是時間與空間交會處所產生的流光，不會對你造成任何影響的……」

小頭的話我一直反覆記著，深怕漏聽了小頭的一字半句。

這從未體驗過的旅程，直到啟動光束輸程的那剎那，我才知道不管出發前說得多勇敢，也不如真實來去一趟。當一股明亮的光束從我腳邊開始迴旋而起，到完全把我包覆後，深黑的空間就取代一切，這時我才知道原來我也怕死，那種無法掌控的未知，才是這趟旅程最大的變數。

還好，在全身像被針瞬間扎刺一下後，終於再見到曙光。

「抗議！抗議！」

我聽到一陣像海浪的整齊叫聲。

接著又有如軍隊前進的轟隆隆聲響。

接下來慢慢在適應光線的眼睛，已漸漸可以看清楚眼前的事物。

最後，在眼睛完全適應所在的空間後，突然被一個重物砸到。

「唉呦！」我唉了一聲，咚一下跌坐到地。

也不知是哪個冒失鬼，突來給我一擊，我本能的要站起來罵人，但才一起來，遠遠就見到一個快速飛行的物體，呈拋物狀朝我而來。

「媽呀！」我愣了千分之一秒後大叫。

那是一顆像籃球一樣大的石塊，像長了翅膀一樣的飛來。我以最快的速度低頭，閃過了那巨石塊，正慶幸自己躲過被K的窘況，誰知

卻躲不過在那巨石塊後方飛至的小碎石。當場就被滿天碎石給擊中。

「現在是什麼情況？」我抱頭呼叫。

「現在正在大規模的抗議。」

我聽到小頭的聲音了，趕緊循聲過去看。小頭正躲在一處圓柱後面，直向我招手。小頭身後，還站了一群人。

「快過來。」小頭說。

「怎麼過去？」我很懷疑，這裡的小碎石還好，但再往前一點就不同了，那漫天的大小碎石，簡直像石頭雨一樣的砸下。我想等我跑到他那裡，差不多都滿頭包了。

「那你忍耐一下好了，再過不久抗議就會停了。」小頭向我喊叫。

抗議？這是抗議？

果然，這個滿天飛石的場面，就像夏日午後的雷雨，說停就停，只留下滿地的碎石。

我驚魂甫定的被帶到一間寬敞的地方。

「放心了，抗議遊行結束了。」

有人給我吸了一口淡淡的香氣，拍拍我的背。

我順口說了聲謝謝，才抬頭看了人家一眼。不過這一抬頭，才發現眼前站了幾個人，除了小頭之外，全都不認識。

「你，你，你……你們是誰呀？我在未來了嗎？」

那些人，和小頭長得差不多，最大的特色就是光頭，不論男女都是沒有頭髮的。

「你就是周景元？」有個穿得像橘色潛水衣一樣的人問我。

我點頭，「是啊。」

「哈，沒想到我們真的見到了周景元小的時候。」那穿著橘色衣服的人顯然對我很感興趣。

「久仰大名，久仰大名。」他伸出手要和我相握，我也只好把手

伸出去。

這是一種奇妙的感覺，我正在跟未來的人握手。我可以感受到他的一股熱情，正藉由這一握而拉近了彼此的距離。

「他是我的同事，叫艾克。我是小頭的爸爸，周欽致。也是你的後輩。」

我眨了眨眼看清那個叫周欽致的人，那是小頭的爸，我的子孫？

喔，真是稀奇。

我好奇的打量那個叫周欽致的人，怎麼看也不像是有我的遺傳。他全身上下都和小頭差不多，光個頭，長手長腳，身材高瘦，皮膚糟

透了，也有雙深凹的眼窩，嘴也很大，總之，完全不像我。

「我好想見見你，沒想到你會親自來這裡。」

小頭的爸用很熱忱的眼光看我，像在欣賞寶物一樣。

「沒什麼，沒什麼。」我笑了笑，「我也只是好奇才來這一趟，不然我不會吃飽沒事，拿自己的生命開玩笑。」

他笑了笑，並向我解釋剛才的狀況，「你現在所在的地方是中央城的研究控制中心，我們離中央城區還有半個小時的車程。這裡離城外最近，剛才你應該被嚇到了吧，遊行抗議事件在我們這裡經常發生。」

「抗議？抗議什麼？」我不禁好奇一問，因為那有如排山倒海而來的氣勢，和那激烈的丟石頭舉動，真的不輸我們那裡的抗議遊行。

「抗議水源的分配。」小頭的爸苦苦一笑，「下中區才停止供水半個月，大家就出來抗議。」

「半個月？半個月不供水，我們那裡都暴動了。」我脫口而出。

小頭的爸尷尬的笑了笑。剛才那個跟我握手的那個艾克先生幫忙解釋：「按規定供水停水的時間為一個月。」

「一個月？這麼久，那大家不都瘋了。」我真難以想像，一個月沒水的世界會是怎樣？

「也沒辦法，這是經過精密計算的，只有這樣才能提供十二個區域民生用水，超過就有生存危機，這是不得不的做法。大家都明白這個規定，會遊行抗議也只是發洩發洩

情緒。」小頭的爸補充。

「原來這是規定？」我可好奇了，「這裡的環境有那麼差嗎？」

「當然，我說給你聽，全域的十二區裡，只有六十棵樹，平均一個區才五棵樹。」小頭還特別強調：「而且不是大棵的，是差不多一個人高一點而已。再來，十二個區的所有綠地加起來，不到一個半的花蓮海洋公園那麼大。至於河流嘛，地表河沒有，地下河道十一條半，至於這半條原本也是一條，但現在只剩一半，再半年可能就不見了。而出了城區，能看到除了黃沙還是黃沙。」小頭手一攤：「這就是我們現在的處境。」

「不會吧，這不就跟沙漠差不多？」我還是不太相信。

「差不多快『漠』化了。」小頭的爸也點頭。

「真有這麼慘嗎？」我實在是半信半疑。我住的地方還有山有水有綠樹，難道才不過短短幾百年，這世界就變了嗎？

「所以我們才極力找出拯救的方法。不過，到目前為止成果有限。」小頭的爸語重心長的說，「回溯過去是我們最後一試的機會。」

「回去找機會？」我苦笑。我看他們每個人的眼中都充滿了期待，好像過去代表著無窮的希望一樣。可是小頭去了之後，他應該知道，我們是處於消耗資源的階段。要我們做到保護環境、節省資源，可能喊口號會比較快一點。

當晚，我和他們沒聊多久，就進入了一個能見到天河星際的臥房裡休息。

小頭特地和我睡一間。

這房間的屋頂是透明的，一眼就能望見夜空。我看那銀河如此美麗，夜色如此高貴，房裡充滿了茉莉的香味，怎麼也想像不出外面的

世界會是黃沙一片。

「你不會騙我吧？」我吸了一口淡茉莉香，「天空這麼美，房裡又有花香，我們那裡也沒這樣的環境啊。」

「你看到的，聞到的，都是人造的。」小頭仰躺著淡淡的說。

「什麼？」我一時語塞。再眨了眨眼看清楚一點。

可是夜色是如此的真實……

「你明天到外頭看看就知道了。」

小頭丟下這句就睡了。

我則睡意全無，瞪著似有若無的星星數著，直到夜空的顏色變淡，星星也慢慢隱去，我就迫不及待的把小頭搖醒。

「天亮了，醒醒吧。」

未來的第一天，對我充滿著吸引力。

我沒等小頭再賴床幾分鐘，就先上了研究中心的眺望台室。由眺望台室向前望去，他們所謂的城外是一片金黃與土黃的交界，金黃是天空，土黃是地面，向遠方鋪設而去。

而眺望台的後方，遠遠的淡藍色天空下，有座安靜的城市，那應該就是所謂的中央大城吧？從這望過去，雖不能一窺全貌，但在晨曦之下的建築，仍顯得寧靜而莊嚴。

「什麼時候帶我去看看？」我問正揉著睡眼的小頭。

「隨時都可以。」小頭打個小哈欠說。

「那我就先去外頭走走。」我看外頭光亮得令人精神振奮，不出去走走實在可惜。

「好啊，不過要等一下，由我來帶你出去，不然直接闖出去會有危險。」

聽小頭這麼說，好像外頭有野狼猛獸出沒一樣。但無論我怎麼看，那外頭都平靜得像個無人郊外。

「有那麼誇張嗎？」我打從心底不信，以為這是小頭要我不要亂闖的恐嚇語。

因為他們一早開始就匆忙的進進出出，完全忘了我的存在。我只好趁著大家都開始忙碌幾乎快要忘了我之際，自己開了控制中心的對外通道往外走。

只不過，我才踏出第一步，就感覺四周的空氣很悶，隨後就聽見通道的通訊系統傳來驚呼。

「危險！危險！快回來……」

我聽得出那說話的人語調急促，要我趕緊返回。

接著，就聽到小頭的大叫：「不行，不行，危險——」

我意識到我有危險了，本想轉頭走回，但為時已晚。

我發覺我的衣服開始溶化。再發現我的腳開始像火腿一樣的粉紅，而且粉紅的速度由膝蓋直上，最後蔓延至手指、手臂……

「痛……痛啊……」

我還不及哀叫，就被一股強大的推力給推送進中控室。

「快，快！」一被送進中控室，就被一個超大試管給罩著。隨後裡頭噴出一股涼得透心的噴霧席捲全身；接著被送進一個大艙桶裡，只露出頭在外面。

這一連串的過程，快得我根本來不及細想。

透過一層玻璃罩，我看到大家都在俯看著我，他們眼露憂心，尤其是小頭還直嚷著：「周景元，你怎麼樣了？怎麼樣了？」

我也不知道我怎麼樣了？只知道頸部以下的皮膚開始痛起來，那種痛就像被開水燙到一樣，很痛！不過還好這包著我身體的圓桶艙，不知裡頭放了什麼東西，只知那艙裡一會有涼透的柔風吹著我身體，又有像羽毛一樣的東西輕輕拍拂，而且一次又一次，差不多在我睡了一覺醒來後，皮膚的灼痛感就全沒了。

小頭事後心有餘悸的說：「還好你只走了一步，如果到了外面，就成了木炭了。」

「這話是什麼意思？不就是出去而已？」我也想不通，明明看似平常的一個對外通道，怎麼就這麼可怕？

「這你就不知了，在城門以內，有特殊的防護罩，能阻擋紫外線的照射，而出了城門外，太陽的光害是會殺人的。所以要出去，就要穿上防護衣。」小頭說。

「還要穿防護衣？」我愈聽愈可怕。

「是啊，薄薄的衣膜，能保護皮膚。」

「喔，這真是可怕的世界。」我總算體會到這惡劣的環境了。

小頭尷尬的咧嘴苦笑。

而我在高壓治療後的第二天，終於又是活蹦亂跳的健康寶寶。我仔細的檢查我的皮膚，除了黑了點外，還好沒有脫了整層皮。

「這次我一定會乖乖的穿防護衣出去。」我向小頭保證。

小頭也在確定我進了防護室包了一層的防護衣膜後，才帶我出城去。

「其實這外面沒有什麼。」

小頭帶我一直走一直走。

的確，城的外頭，根本沒有什麼，除了黃沙還是黃沙，連棵仙人掌也沒有，簡直比沙漠還糟。在整個黃沙世界中，只有像被半圓白色球型罩著的大城市才顯得像樣一點。

小頭特地將飛梭升高到足以看到整個島的高度，從上往下看，不管大小號的城市，都像半顆被埋在沙堆裡的小白球。而城市與城市間，全都是黃土一片。

「這是原來我們住的地方嗎？」我真是難以置信。除了那形狀有

點相似之外，我還真看不出來它曾經美麗過。

「唉！再美麗的女人也會老的，何況是在這種環境之下。」小頭邊說邊將飛梭停下來，「我帶你去參觀一個古蹟。」

小頭先下機，我跟著他後面也下去，我們兩個就坐在一個岩礫堆裡，欣賞古蹟。

所謂的古蹟，不過就是曾經河流經過的水道，但現在已乾涸，地表龜裂，成石礫區。

「這有什麼好看？不就是一

堆石塊？」我左看又看，看不出有什麼特別，「有些比較大，有些比較小而已啊？」

「你再仔細看看。」小頭說。

我再看看。

大範圍的石礫區裡，好像有好多半倒的牆？但又不確定像牆？感覺像被風化的大石塊。

「這裡以前有房子是嗎？」我隨便問問。

「對，你猜對了。」小頭很佩服的看著我。他說：「爸爸說這是第十五區城市，在一百五十年前被風沙侵蝕的。」

「第十五區？」我想想之前他們所說的，「你們現在不是有十二區嗎？以前還有十五區啊？」

「當然有啦，以前有百個區，這幾百年下來，剩十二區。也就是十二個城。」

「會不會消失得太快了？」我覺得這種速度很可怕。

「當然會，不然我們也不會要搶救。」小頭說。

「可是城消失了，那人呢？」我很好奇，居住的區域沒了，那人都到哪裡去？

「人啊？」小頭搖搖頭，指著遠遠一個小土丘，「都葬在那裡。」

我看那土丘，突然一陣陰風吹來，「不會吧？都死在那？」

「對，那裡有一口井，大部分都聚集在那裡。」

「不會吧，都集中在那裡，跳井嗎？」我真是聞所未聞。

「不是啦。」小頭糾正我，「是沙暴風來襲三天三夜，走不出去的人都聚在所剩下的唯一一口井旁邊避難，三天過後，沙暴風走了，整個城也被埋了。那裡的人就……」

我開始覺得有點冷，而且感覺一股風勁愈來愈強。我在想，應該不會這麼邪門吧，這時候了還有孤魂野鬼的……

可是當我愈這麼想時，就愈覺得有股特別的強風朝我們而來，果然，在小頭大叫要我小心時，我的身旁就刷過一道黑影。

「媽呀，鬼呀！」我大叫，我趕快抓著小頭，「你們要給死掉的人超渡啦，我媽都這麼說的。」

「不是鬼啦。」小頭拍拍我，要我向前看。

前面一陣風沙捲起，還見得到在半空中快速而去的飄浮物體，當中還挾有陣陣的歡呼聲。

「這……是什麼？」我被弄糊塗了，「飛過去的鬼還會歡呼，真是奇聞？」

只見小頭哈哈大笑：「那不是鬼，是強盜。你的水被搶了。」

我看著空空的雙手，對啊，水瓶不見了。我才正要拿起來喝呢！

「搶我的水？」我真是不敢相信。如此的身手，真是像鬼一樣的

來去無蹤。「沒事幹麼要搶我的水？」

「這裡要水不露白啦，因為這裡水比黃金石油還貴。」小頭很無奈的說。

「真的還是假的？水比黃金石油還貴？」

「這是真的。」小頭用力的點頭。他指指地面：「這地底下多的是石油，隨便探採都有，反而要找水脈比登天還難。」

我看著那一望無際的漠地。

突然覺得這片漠地靜得可怕。

若真如小頭所說，這地底有著我們那時最羨慕的財富，但在這裡卻連一杯水都不如。那我真該好好思考一下，我該留給我的子孫什麼東西了？

10. 現實與人性的考驗

溫暖的床，芳香的屋子，還有個準備吃大餐的美夢……但是，豐盛的佳餚還未入口，就被一陣刺耳又讓人緊張的聲音給嚇醒。

那種聲音的頻率很怪，時高時低，尤其是那種聲頻彷彿能穿心透腦，讓人渾身不自在。

「發生了什麼事？」我跳下床追著小頭而去。他在第一時間就已經衝到門外，只有我笨笨的還不知發生什麼事。

「有緊急事故了。」小頭邊跑邊說。

我跟著他穿過房舍中廊，跑了一段長距離到最前方的研究控制中

心，那裡已有許多的人。

「什麼緊急事故？」我喘著氣問。

「有沙風暴。」小頭說。

「沙風暴？」我向外看去，那城外的天氣很好，一點異樣也沒有，就連烏雲也不見一丁點。「外頭沒有風也沒有沙？」

「不是這裡，是別的區城。」

小頭邊說邊和我擠到大家在討論的範圍內。

我聽到討論的話在空中交錯，快得連我都來不及消化。

大略只聽得明白是第十一區受沙風暴的影響，現在情況嚴重，要中央大城去救援生還者。

「情況好像很嚴重？」我也很憂心，想再跟小頭確認一下。

小頭點點頭：「對，很嚴重。探測訊息傳來，那裡的暴風威力很強。」

「那他們什麼時候派人去救人？我也可以參加。」我自告奮勇要去救人。

小頭看了我一眼說：「沒有要去救人。」

「什麼？」我看著小頭，再問了一遍：「我是不是聽錯了？」

「你沒有聽錯。爸爸他們評估後決定不出動救援。」

「為什麼？」這下換我跳腳了，「你們見死不救？」

我這聲「見死不救」說的很大聲，在場所有人都停下了討論看著我。

「我們不是見死不救，而是我們救不了那麼多的人。」小頭的爸爸特別走過來雙手搭在我肩頭，像是在跟我解釋。

「怎麼救不了？你們是最大的城市，所有的資源都在這裡，怎麼會連人都救不了？」我覺得這真是荒謬透頂了。

「第十一區城有二十萬人，如果全都接來這裡，這裡的資源就會

不足，到時所有的人都將面臨更可怕的災難。」那個叫艾克的也向我解釋。

「怎麼會？大家省一點不就可以了，怎麼會資源不足？」我無法接受他們的說法。

我看到他們很為難的互看一眼，然後小頭的爸爸跟我說：「我們這裡不同，所有的食物與水都只有自足而已，能接納的外來人口，只有百分之一，每增加一人，我們的生存危機就增加一分。」

「可是我們不能眼睜睜看著他們死掉啊？」我著急的說。

「這是不得不的作法，我們其實也不想這樣。」有位眼睛很大的小姐說。

「那不去救他們，他們會怎樣？」我追問。

「照那暴風的強度，第十一區城會被整個覆蓋。」

這話不知是誰說的，我根本沒辦法冷靜去分辨，我只在乎城裡的人。「那我們連一個人都沒辦法救嗎？」

「有。」

這回是小頭說話了。他沒有像平常那樣猴急得跳啊跳，反而冷靜的像那些大人一樣。他說：「等暴風過後，再看存活的人數。」

「你說等暴風過後，再看活下來的人數？」我突然感到一股寒意，那不就是讓他們自生自滅嗎？「我反對！」我大聲的說。

但沒有人出聲附和我。

我看著他們，很希望他們能給我一個答案。但我失望了，我在他們的眼中看到一種無奈下的冷漠。

「這樣不對，不對的！你們怎麼會一點同情心也沒有？」我覺得自己像在跟一群雕像抗議。

「如果我們這麼做，就會對自己造成更大的危害。」其中有個人這樣說。

這話我聽過，我和小頭在提水的時候他曾說過，我開始懷疑，我眼前的這一群人好像少了一顆心。或者，他們的心已經進化到「無」的階段。

「你們這樣比魔鬼還可怕。」我實在忍不住這麼說。

然而，這樣說他們還不足以表達我的憤怒。

在兩天後的清晨，又有這種令人不愉快的警訊聲響遍整個區域。

這次我也是以最快的速度跑向控制中心。同樣的，那裡也聚集了同一批人，面色凝重的討論事情。小頭也在其中，他看了我一眼，向我比個不要出聲的手勢。

我只好先閉著嘴巴，看到底發生了什麼事？

一開始，我發現狀況是在後方大城裡。我們站在中控室內，可以感覺到後方傳來斷斷續續的聲音，仔細一聽，竟然是在抗議。

我豎起耳朵聽著，好像是：「我們不能罔顧人命！」「讓他們進來吧！」「這是藐視他們生存的權利……」

但抗議的人不多，聲音也渺小。

我忍不住走向小頭，拉了拉他問：「到底是怎麼回事？」

小頭帶我繞過他們開會的桌子，走到監控城外的大面窗前。小頭指著我們視力所能及的城外景象，那片黃土地上，有著一團一團的小黑點，再藉著視窗放大，仔細一看，那是一群一群的人，或跪，或坐，或已躺平在地……

「有人，有人耶——」我大叫。

小頭馬上要我小聲點，他說：「我們知道。」

我還看到有人雙手高舉，以跪地之姿，向這裡拜啊拜。我可以感覺到他們不是在拜神，而是……

「他們像在求我們開門，那快救人啊！」我可不管小頭了，聲音就直接放送出來。

小頭為難的看著我。

「你不要告訴我，你連他們也不救？」我看著小頭。

只見小頭眼一低，默而不語。

「你們呢？」我轉而問那一群所謂的頂尖人士。

同樣的，他們眼中也投射出無能為力的悲哀。

「逃出風災的人都湧向我們這裡，我們無法全數接納，只能等……」

艾克先生說得很慢，但很清楚。

意思就是要等到可以接受到的人數，這個號稱最大的城市才願意敞開大門，派出救援隊去接回也不知還剩下多少的人……

「這是一種謀殺！」我向他們那一群靜默的像在哀悼的與會人士大喊。

「你們這樣很殘忍耶！」

「這是什麼世界！」

我的抗議，像是一根針落入大海中，一點回音也沒有，更別說會有得到應該要有的一點回應。

最後，我是被小頭給拉回去的。

「怎麼可以這樣？你連一棵老樹都捨不得砍，怎麼能放棄一群人？」我對著小頭劈哩拍啦直嚷。

「你以為大家都好過嗎？」小頭回我。

「不好過也都過了，不是嗎？」我抓著小頭問：「你們怎麼這麼冷血？」

「或許你會覺得我們很無情，但這是生存的抉擇，我們也無能為力。」

「無能為力，無能為力，我已經聽了很多無能為力了！」我對小頭大吼一聲：「人類無情的一面，我在你身上看得清清楚楚了！」

隨後的幾天我都不說話，我開始討厭他們，討厭小頭。

我想趕快回家，回到有溫暖的世界裡。

「請送我回去。」在第十天，我向小頭的爸提出要求。

小頭爸爸沒有多說什麼，只是點了點頭。我曾經見過他笑，那是我到這裡的第一天，他笑起來就跟小頭的大魚嘴一樣。而從那天起，我所見到的他，就再也沒笑過了，我對他說我要回去時，他的臉顯得很疲憊，嘴角勉強擠出一絲笑意，眼神中充滿了抱歉與無奈。

「我知道你無法諒解我們的作法，我也沒辦法多做解釋。我只希望你能帶著希望回去。」

我沒說話，也不想跟他說什麼，有些話都已是多餘。尤其是不經意看牆上的統計人數，比我第一天來時增加三十個，我大概就知道，那些經過暴風侵襲與淘汰機制後被接進來的人，只剩下那些了。其餘的人……唉！不說了……

「小頭呢，至少我要跟他說一聲。」在回去前我覺得還是要跟小頭道別一下。

「他在西區做更地計畫。」小頭的爸爸說。

「那我去找他。」我說。

小頭的爸爸幫我準備一架已設定好目標的輕飛梭。我為了能像他們一樣身手敏捷的一躍而上飛梭，還跌了二次跤。儘管他們一度想先關掉磁浮系統，把飛梭停在地面，但被我拒絕了。反正姿勢再醜也不過這一次而已。

坐上了那令我心情興奮一下下的飛梭，那種感覺就像坐著未來，坐著夢想一樣。只是一想到未來的人心冷得像冰塊，我的心情也盪了下來。

輕飛梭在西區停妥。遠遠我就看小頭拿著儀器對著地表探啊探。

「你在幹麼？」我問。

「我在把培育種子種到地底冰層。」小頭說。

「你不會要做種樹的人吧？」我懷疑。

「有什麼不可以？」小頭笑著反問。

「你不是說底下都是石油嗎？」

「是啊，不過我們偵測過，有幾個區的底下還有古代冰層，只要我們把育種胚皿放到冰層，再藉由胚皿中的暖化效應器融化冰層來做大規模的培植，也許就會有希望。」小頭很有信心的說。

「那好吧，你慢慢種，我要回去了。」我對他說。

「好啊，晚上我再去找你。」

「我是要回到過去了，不是留在這裡。」我說清楚一點。

「啊！」小頭叫了一聲，顯然很驚訝，不過一會兒之後，他像明白似的點點頭，「我明白，你總是要回去的。」

我只嗯了一聲，我也不知跟他說什麼才好。

小頭握著我的手跟我說：「我知道你不想跟我們說話，可是我們也不想這樣的。」

「算了。」我搖搖手。

我們兩個都微低著頭，一下子像沒了話，不知要說什麼。沉默占據了我們大半的時間，直到小頭的腰際傳來急促呼叫。

「小頭，快回來，西區有暴風形成，正朝你所在的方向而去。」

這種警告我聽得懂，我和小頭互看一眼後，就拔腿狂奔。飛梭離我們有段距離，而且飛梭停的地方正被一片黑壓壓的雲霧籠罩，我們能靠的只有兩條腿。

「往東北方向跑，那裡有地下避難處。」

小頭和我的呼叫器裡不斷的告訴我們逃生的方向。

「以你們的速度，可以在暴風到之前到達避難處。」

呼叫那頭雖然是這麼說，但他們完全忘了我是最大的變數。

我不是這時候的人，跑起來再快也快不過小頭一步若五步的超級

速度。我原先就領教過小頭的速度，但沒想到他原來這麼快，快到我才拚了命跑十步，他就已在我前方幾百公尺遠了。

「周景元，加油點。」小頭像刷了一聲又折回到我身邊。他抓住我的手，以他的力量拉著我跑。

「不行，不行了。」我使盡了吃奶的力，但跑在黃沙裡的一雙腳每跑一步就被往下拉沉一下，怎麼也跑不快。「你自己跑吧，你可以跑到那裡的。」我對小頭說。

「你不要講那麼多，我們快跑就是了。」

小頭拉著我跑，實際上我一直在拖慢他的速度。

眼看那黑色雲捲挾著黃沙像把天給吃了一樣，天色瞬間暗下，黃土層也依次垮陷，如果換成這是雪地，簡直可用雪崩來形容。

「你別管我了。」我掙脫開小頭的手，他一下子像沒了重力束縛一樣，飛跑了幾百公尺遠。

而在這同時，那席捲而來的風與沙，宛若大浪一把將我給蓋了。

幾秒鐘之內，我腦中一片空白，說確切一點，是以為自己掛了。

隨後又想到，小頭跑遠了，應該沒事，心裡又寬慰不少。

最後，有一隻手在沙土傾壓而下的瞬間抓住我時，我更清醒。

那隻手抓著我的手臂一起滾了好幾翻，最後是撞到一塊硬物才停下。

「周景元，你還好嗎？」

在黑呼呼的空間裡，聽得出是小頭的聲音。接著一陣光亮，照出我們處在的空間裡。

我看清楚了，是小頭沒錯，他點亮了他手中的一個小儀器。而在亮光中我看見他和我的下半身都陷在沙堆裡。

「小頭，你不是已經跑遠了。」我有點喘的說。

「我不能丟下你。」他說。

「你瘋了啊你，我的命不要你救。」我大聲的說。說實在的，我有點生氣，氣他幹麼要衝回來。

「你不要生那麼大的氣，這裡的空氣很快就會不足。我們沒有時間生氣。」我聽到小頭也有點喘，但他繼續說：「你聽我說，這暴風所挾帶的沙形成沙河，會將我們的身體往裡頭拖，所以我們不久就會被埋在地底下。」

「你說什麼？」我很害怕，因為我真的感覺到一股隱隱的力量在向下拉。

「我們的時間不多了，不是會窒息，就是被埋在下面。所以你必需要回去。」小頭說。

「你什麼意思？」我不明白。

小頭拿著他高舉起來的儀器，對著那儀器說：「爸爸，把他的回程設定送到我這裡來。」

「孩子，你……」

我聽到那頭傳來小頭爸爸的聲音，他沒說什麼，只有一點快聽不到的嘆息聲。

「爸爸，快點，時間不多了。」小頭對著那儀器叫著。

我大概明白是怎麼回事了。我對著小頭大叫：「我不要，小頭，不要把我送回去。」

但，來不及了，一個傳輸訊號進來，在小頭的儀器裡嗶了一聲，小頭抓握住我的手，把那儀器放在我手心裡。

「你不能死在這裡，你要回去的。」小頭按下當中的一個按鈕。

「不可以，我不要回去。」我要把手放開，但那東西像黏住一樣，甩也甩不開。「小頭，你怎麼辦？你怎麼辦？」

「不用管我，你會平安回去的，你會平安回去的……」

我看他往下又沉了一截。

「我不要，我不要——」我要伸手抓住他，但我發覺我的手漸趨透明……「小頭——」

流沙越過了他的肩膀，蓋住了脖子。

「小頭——」

我看他向我笑了笑。我抓不到他，我的手像空氣，連碰到他一下都不行。我的四周是沙河吞噬與不明的嗡嗡聲環繞。

「你要記得幫我……」

11. 種下希望的種子

故事到這裡就應該結束了。

後續所發生的事只是一個沒預期到的突發事故。

時間的偏差，讓我突然出現在一輛高速行駛的計程車裡。車裡頭有個搶匪拿刀抵住司機的脖子，而我則出現在司機的旁邊座位。我想我的出現大概嚇到他們了，我才剛回神就聽到司機和那搶匪像見鬼一樣的大叫好幾聲。最後可能是司機先生嚇得油門猛踩，驚慌到直接撞電線桿，而在擋風玻璃全破之際，我的身體也被向前衝拋出去，跟我一樣被拋出去的還有那個搶匪，不過他就沒我那麼幸運了，我全身沒

有一處傷，墜地後還像彈到軟棉花地一樣，而那搶匪，多處骨折，還被送進了警局，我也莫名其妙的破了一個案。

「景元，景元……」媽在叫我。

我回神後應了她一聲。

「你還好吧？」媽挾了塊肉給我。

我隨便點了點頭。

「媽媽剛才在問你，你今年想要什麼生日禮物？」爸問我。

生日禮物？

我倒是忘了我生日快到了。

「可別又跟去年一樣。」爸搶先說。

我則笑而不語。

只見爸苦笑了兩聲：「兒啊，我真不知再到哪裡去找一百棵樹讓你種？」

「不用找樹，給我五十顆樹的種子就行了。」我說。

「五十顆種子？」爸邊吃邊搖頭：「五十顆種子也很難找呀……」爸接著說：「記得呀，以後你成名了，別忘了提起我這個提供樹種的男人……」

「會的，會的，將來會有一個『振興林場』紀念你的。」我脫口而出，不過話說出後就知道講太快了，媽老早就白眼瞪來。

飯後，媽過來拍拍我肩頭，「景元，要不要先洗澡？不然我要去泡澡了。」

我一聽：「泡澡？」我跳起來，「媽，妳說妳要泡澡？」

「對啊。泡澡……嗯……」媽像想到了什麼，她馬上把話一轉：「對，忘了，泡澡太浪費水了……」她手一揮，要我放心。

「尊重你的提議……」媽笑得尷尬，「我洗戰鬥澡！」

「洗戰鬥澡？老婆，妳行嗎？」爸抱著懷疑的態度。

「你說什麼？爸爸！」媽威脅式的眼神射向爸，爸趕緊抱頭求饒……

兩天後，無預警下停水又停電。我趁著媽還沒抓狂之前草草的把生日歌給唱完，並把去年許過的願望再講一次：「我每年最少要種下五十粒種子，直到我死掉。」

「呸！呸！呸！現在是生日，沒事講死掉幹麼。」媽差點把蛋糕砸過來。

我只好趕緊更正。

「我會種下希望的種子，為了我們，為了未來，也為了……小頭！」

真的，我希望我種下的每一粒種子，在日後的將來能成為所有子孫的希望。

我更期望「現在」所做的努力，能改變已發生過的「未來」。

11·種下希望的種子·

作者簡介

李慧娟

桃園人，現任職於律師事務所。

雖然學的是企管，做的卻是法律事務，但對於創作的熱情始終不減，曾獲二〇〇七吳濁流文藝獎兒童文學類組佳作。《走了一個小偷之後》、《我的神祕訪客》，分獲第十四、十五屆九歌少兒文學獎。

繪者簡介

李月玲

復興美工畢業。高中時參加全國環境保護漫畫比賽獲高中組第二名，曾在《兒童日報》發表彩色連環漫畫「記得當時年紀小」；曾擔任宏廣卡通公司原畫師，現為專業插畫家。

九歌現代少兒文學獎徵文辦法（摘要）

指導單位：行政院文化建設委員會
主辦單位：九歌文教基金會
協辦單位：九歌出版社有限公司

一、宗　旨：鼓勵作家創作少兒文學作品，以提升國內少兒文學水準，並提高少兒的鑑賞能力，啟發其創意，並培養青少年開闊的胸襟及視野，以及對社會人生之關懷。

二、獎　項：少年小說——適合十歲至十五歲兒童及少年閱讀，文字內容富趣味性，主要人物及情節以貼近少兒生活為宜。文長（含空白字元、標點符號）四萬至四萬五千字左右（超過即不予評選）。

三、獎　金：行政院文化建設委員會少兒文學特別獎：獎金二十萬元，獎牌一座。
評審獎——獎金十二萬元，獎牌一座。
推薦獎——獎金八萬元，獎牌一座。
榮譽獎若干名，獎金每名四萬元，獎牌一座。

四、應徵條件：

1、海內外華人均可參加，須以白話中文寫作。每人應徵作品以一篇為限。為鼓勵新人及更多作家創作，凡獲九歌現代少兒文學獎首獎者，三年內不得參加。

2、作品必須未在任何報刊發表或出版。（參加本會徵文未入選之作品，亦不得重複參加。）獲獎作品之出版權歸主辦單位所有。初版四千冊，不付版稅，再版時可支定價百分之八版稅。

五、評　選：應徵作品經彌封後，即進行初審、複審、決審。評審委員於得獎名單揭曉時公布。

附記：本辦法為歷屆徵文辦法之摘要，每屆約於每年十月至翌年一月底收件，提供有志創作少兒文學者參考（所有規定，依各屆正式公布之徵文辦法為準）。

九歌少兒書房 166

我的神祕訪客

定價：230元
第42集　全套四冊920元

著　　者：李　慧　娟
繪　　圖：李　月　玲
美術編輯：紀　琇　娟
發 行 人：蔡　文　甫
發 行 所：九歌出版社有限公司
臺北市105八德路3段12巷57弄40號
電話／02-25776564・傳真／02-25789205
郵政劃撥：0112295-1
九歌文學網：http://www.chiuko.com.tw
登 記 證：行政院新聞局局版臺業字第1738號
印 刷 所：晨捷印製股份有限公司
法律顧問：龍躍天律師・蕭雄淋律師・董安丹律師
初　　版：2007（民國96）年10月10日
初版4印：2010（民國99）年12月

ISBN 978-957-444-436-6　　Printed in Taiwan
書號：A42166

國家圖書館出版品預行編目資料

我的神祕訪客／李慧娟著，李月玲圖.--初版. --臺北市：九歌, 民96.10
面；　公分. -- (九歌少兒書房; 第42集；166)

ISBN 978-957-444-436-6　(平裝)

859.6　　　　　　96016307

九歌少兒書房